Hermann [illegible]

Wittichen, 26.7.09

Hermann Multhaupt
Die Mystikerin

Hermann Multhaupt

Die Mystikerin

Ein historischer Roman

benno

Bibliografische Information der Deutschen Bibliothek
Die Deutsche Bibliothek verzeichnet diese Publikation in der Deutschen Nationalbibliografie; detaillierte bibliografische Daten sind im Internet über http://dnb.ddb.de abrufbar.

Besuchen Sie uns im Internet unter:
www.st-benno.de

ISBN 978-3-7462-2793-1

Stammerstr. 11, 04159 Leipzig
Umschlaggestaltung: Ulrike Vetter, Leipzig, unter
Verwendung eines Bildes von © Ashmolean Museum, University of Oxford, UK/The Bridgeman Art Library
Gesamtherstellung: Kontext, Lemsel (A)

1

LUITGARDS WEG

Nachrichten brauchten ihre Zeit, bis sie ihren Weg in die dunklen Täler des Schwarzwaldes fanden. Am ehesten brachen sie sich durch fromme Boten Bahn, die von Kloster zu Kloster unterwegs waren, um die Neuigkeiten aus dem eigenen Haus entfernten Mönchs- und Schwesterngemeinschaften mitzuteilen und um die Listen der Toten weiterzutragen, die die Namen der jüngst Verstorbenen mit der Bitte um ein Memento beim Gottesdienst enthielten. Die Gebetskooperativen zwischen den Klöstern florierten, und auf geistiger Ebene brachte gelegentlich ein begnadeter Redner oder theologischer Gelehrter neue Erkenntnisse als Diskussionsstoff in die Konvente. So brauchte auch die Trauerbotschaft vom Tode der Mystikerin Gertrud von Helfta ihre Zeit, die manche schon zu Lebzeiten „die Große" nannten und die im November 1302 in ihrem Kloster in der Nähe von Eisleben gestorben war. Ein Mönch aus Alpirsbach hatte die Nachricht mitgebracht, und der hatte sie wieder von einem Mitbruder aus Gengenbach erfahren. Die aufgeweckte, elfjährige Luitgard hörte mit Erstaunen das, was über diese große Frau erzählt wurde, als der Benediktiner aus der einige Wegstunden nordöstlich von Vortal gelegenen Abtei Alpirsbach bei den Eltern zu Gast war. Die Eltern nahmen oft fromme Leute auf, Priester und Pilger, das gebot die Christenpflicht, und die Mönche und Nonnen aus den Klöstern der Umgebung fanden auf ihren oft gefährlichen und von Räubern und wilden Tieren bedrohten Wegen Unterschlupf in dem stattlichen Bauernhof.

„Was war das für eine Frau?“, fragte Luitgard den Mönch, den der Vater mit Pater Ansgarus angeredet hatte. „Warum nennst du sie ‚die Große‘?“

Die Mutter legte mit erschrockener Geste den Zeigefinger auf den Mund. „Still, Luitgard, störe Pater Ansgarus nicht in seinen Betrachtungen.“

Der Benediktiner legte das Brevier mit einem leichten Seufzer beiseite. „Sie stört nicht, gute Frau. Ich bin ja froh, dass sich die junge Dirn nach der großen Gertrud erkundigt. Ich habe viel von ihr und den Schwestern in Helfta gehört. Es muss dort eine außerordentlich begnadete Gemeinschaft von Klosterfrauen zusammen sein. Also, mein Kind“ – der Pater wandte sich nun ganz Luitgard zu –, „ich weiß nicht viel. Wenn ich nicht irre, wurde sie am 6. oder 12. Januar 1256 in Thüringen geboren und kam schon im Alter von fünf Jahren als Waisenkind in das Kloster. Ich kenne Gertruds Familiennamen nicht und auch nicht den Ort ihrer Herkunft. Man hat schließlich ihrem Vornamen den Klosternamen hinzugefügt: Gertrud von Helfta wurde sie fortan genannt. Im Alter von 26 Jahren muss sie ein entscheidendes Bekehrungserlebnis gehabt haben. Sie sah unseren Herrn Jesus, der sie in seine Nachfolge berief.“

Luitgard klatschte in die Hände. „Sie hat mit Jesus gesprochen?“

„Nein“, lächelte der Pater, „wohl aber Jesus mit ihr. Man sagt, er habe sie über eine Dornenhecke gehoben und gesagt: ‚Komm zu mir. Bisher hast du mit meinen Feinden vom Staub der Erde gegessen und aus ihren Dornen ein paar Honigtropfen gesaugt. Doch jetzt will ich dich trunken machen mit dem Strom meiner göttlichen Wonnen.‘“
Pater Ansgarus blickte Luitgard an, ob sie den Sinn dieser Worte wohl verstanden hätte, doch da Luitgard mit ungläubigem Gesichtsausdruck schwieg, fuhr er lächelnd fort: „Nun, das ist auch nicht einfach zu verstehen. Ich musste auch lange darüber nachdenken, was gemeint war, und erst als ich Gertruds Schriften las, habe ich begriffen, dass wir es mit einer außerordentlichen Nonne zu tun haben. Gertrud von Helfta hat nämlich über ihre außergewöhnlichen Erlebnisse einige Bücher geschrieben, sogenannte Offenbarungen und geistliche Übungen. Sie war eine große Mystikerin.“
„Mystikerin – was ist das?“, fragte Luitgard und hob den Kopf, als ob sie dem Wort nachlausche, das der Pater genannt hatte. Der Hals des Mädchens war seit Geburt an einer Seite kürzer als an der anderen. Manchmal neckten die Kinder sie und riefen ihr „Schiefhals“ nach. Zunächst war Luitgard erschrocken gewesen, als sie vor Jahren bei einem Blick in einen Kübel voller Wasser ihr Bild gesehen und die Verunstaltung bemerkt hatte. Denn sie dachte an die Bilder mit den Heiligen, die alle schön und wohlgestaltet waren.
Die Mutter zog Luitgard zur Seite und flüsterte ihr zu: „Du darfst den Herrn Pater nicht länger belästigen. Er hat einen anstrengenden Tag und eine weite Reise hinter sich und muss sich erholen.“ Doch Pater Ansgarus lächelte nur und

gab mit einer beruhigenden Geste zu verstehen, dass Luitgard ihn ganz und gar nicht störe. Denn er ahnte, dass ein ungewöhnliches Mädchen vor ihm saß. Die Mutter seufzte.
„Was eine Mystikerin ist, wirst du noch nicht verstehen", erklärte der Gast nach der Unterbrechung. „Aber vielleicht reicht es im Augenblick, wenn ich dir erkläre, dass Gertrud Dinge geschaut hat, die gewöhnliche Menschen nicht sehen. Zum Beispiel sah sie die sterbende Jungfrau Maria in einem Garten wohlriechender Blumen. Es ist eine Art Versenkung in das Leben der göttlichen Personen, in das Leben der Heiligen Familie oder in andere Dinge, die nach irdischen Maßen nicht zu erklären sind."
Pater Ansgarus lehnte sich zurück, als müsse er selbst über das nachdenken, was er gerade spontan gesagt hatte. Luitgard schwieg, und auch ihre Mutter, die im Türrahmen stand und mit einem Krug in der Hand auf die beiden blickte, verweilte stumm.
Luitgard hatte ihrer Familie vom Augenblick ihrer Geburt an Rätsel aufgegeben. Nein, nicht erst seit der Geburt, sondern schon vorher. Ihre Eltern, ehrbare und wohlhabende Bauersleute im Schwarzwald, etwa eine Gehstunde von Schenkenzell und der Burg Wittichenstein oder Wickenstein entfernt, die am Zusammenfluss des Kaltenbrunner Baches mit der Reinertsau steht, hatten seit der Empfängnis gespürt, dass Gott ihnen ein begnadetes Kind schenken würde. Eine ungewöhnliche Heiterkeit und Zuversicht zeichneten die Mutter aus, ihr Herz war frei, ohne Sorgen, ihr Gemüt stets froh gestimmt. Es war, als scheine die Sonne unentwegt aus einem wolkenlosen Himmel und bereite eine Sternstunde vor, in der das Kind die Welt erblicken solle. Als es schließlich auf die Welt kam, war es ein

außergewöhnlich hübsches Töchterchen. Dass ihr Kopf sich an einer Seite der Schulter zuneigte, weil der Hals an dieser Stelle verkürzt war, stellte sich später heraus, bereitete den Eltern jedoch keine Sorgen, denn es stand schon bald fest, dass ein solches Gnadengeschenk des Himmels nicht dem Ehestand, sondern Gott geweiht werden musste. Unter diesem Vorzeichen wuchs Luitgard heran, richteten die Eltern ihre Erziehung aus.

Der Name Luitgard leitet sich von „Luggart" her, was so viel bedeutet wie „der Leute Garten". Es war ein wunderschöner, lieblicher Garten, den Luitgard verkörperte, ein Garten voller Veilchen und weißer und roter Rosen, voller Lilien, Beerensträucher und grünem Gras und mit einem rauschenden Brunnen. Dieses Bild übertrug sich auf Luitgards Leben in der Welt. Sie war erfüllt von der Liebe zu den Menschen, weil Christus es war, dessen Liebe sie ganz ausfüllte. Und aus dieser Liebe beschloss sie, den Menschen zu dienen, wo immer sie konnte. Das war kein leichtes Unterfangen. Denn nicht alle erkannten das Motiv, aus dem sie handelte, hielten sie für egozentrisch und geltungsbedürftig. Manche meinten sogar, der Teufel wohne in ihr und vollbringe seine Verführungskünste, um die Menschen zu täuschen. Doch Luitgard ging schon als Kind den Weg, den sie für richtig erkannte.

Die Mutter löste sich aus der starren Haltung unter der Tür, sie stellte den Krug beiseite und winkte Luitgard hinaus. Dann näherte sie sich dem Gast. „Es ist mir peinlich, hoher Herr, dass ich Euch in Eurem Gebet oder in Eurer Betrachtung unterbreche. Aber die Sorge um dieses Kind, das bis eben vor Euch saß, raubt mir manchmal den Schlaf, so froh und frei ich doch seiner Geburt entgegengesehen habe."

Die Frau wartete auf ein Zeichen des Paters, auf ein Kopfnicken oder eine einladende Handbewegung. Doch Ansgarus hob nur erwartungsvoll die Augen. Die Mutter fasste Mut: „Was soll aus diesem Kinde werden? Selbst die Nachbarn haben uns gefragt, was es mit unserer Tochter auf sich habe. Schon früh spürten wir, dass Gott mit ihr sei. Sie hat ein liebendes Herz. Kommt ein Bettler vorbei, so gibt sie ihm, was sie besitzt oder wir ihr zum Schenken geben. Sie ist geradezu begierig, mildtätig zu sein." Die Mutter schwieg einen Augenblick, als erwarte sie eine Bemerkung des Mönches. Aber Pater Ansgarus nickte nur und gab ihr ein Zeichen fortzufahren.

„Und doch: Bei allen Merkmalen ihrer Auserwähltheit ist Luitgard nicht frei von weltlichem Tand", begann die Mutter erneut. „Als sie vier oder fünf Jahre alt war, sah sie einmal drei Burgfräulein vom Wittichenstein herabkommen, von jener Burg, die der Familie der Schenken in Schenkenzell gehört. Nun, diese Damen trugen Kleider mit langen Schleppen. In der Meinung, dass diese Tracht Gott wohlgefällig sei, wollte Luitgard es den Fräulein gleichtun. Sie riss ihr Hemdchen so auf, dass ein Teil wie eine Schleppe hinter ihr zu Boden fiel und vorn ihren Leib entblößte. Nun sagt selbst, edler Herr, lebt Gott dennoch in einem Kind, das so handelt?"

Pater Ansgarus lächelte. „Was Ihr weltlichen Tand nennt: War nicht auch der Herr auf einer Hochzeit im Dorf Kana und hat mit seinen Jüngern selbst mit Sündern zu Tisch gesessen?"

Die Mutter Luitgards schwieg.

„Ist das alles, was Ihr an Eurer Tochter auszusetzen habt?"

Jetzt holte die Frau tief Atem. Sie bedauerte, dass sie ihren

Mann nicht zu Rate ziehen konnte, der in Holzgeschäften im Kinzigtal unterwegs war. Er wurde erst spät im Vortal zurückerwartet, wo das ansehnliche Haus der Familie Luitgards stand. Luitgards Vater machte sein Wort besser als die Mutter; er war Geschäftsmann trotz seiner bäuerlichen Herkunft, beredt, gewandt, verlässlich, ehrlich, dazu fromm. Selten konnte sich jemand seinen überzeugenden Argumenten widersetzen. Er würde auch ganz anders, sachlicher, genauer und ohne große Umschweife von einem eigenartigen traumatischen Erlebnis Luitgards berichten können, das die Mutter in große Unruhe versetzt hatte und von dem sie dem Gast jetzt unbedingt erzählen musste, wollte sie ihr Herz beruhigen. „Auszusetzen ist vielleicht nicht das richtige Wort", sagte die Mutter. „Aber es gibt Dinge, die auffällig an Luitgard sind und die mir schlaflose Nächte bereiten."
Sie wartete die Aufforderung des Paters, weiterzuberichten, nicht ab, sondern begann ohne Umschweife: „Als Luitgard einmal auf einer Bank saß, wurde sie entrückt. Sie sah Jesus und seine Mutter auf ihren Thronen im Himmel sitzen. Da näherte sich eine Schar Leute, Menschen aus Vortal, aus dem Tal der Kleinen Kinzig, wie unsere Tochter später erkannte, und begann demütig um etwas zu bitten. Luitgard konnte jedoch nicht erkennen, um was sie baten. Und siehe, es wurde ihnen nach einer Weile gewährt, um was sie gebeten hatten. Darauf hieß der Herr sie fröhlich sein und tanzen. Nachdem sie eine Weile getanzt hatten, gab er ihnen zu trinken. Der Becher war aus Leder. Die Leute verneigten sich vor Jesus und seiner Mutter und gingen davon. Alsbald kam eine weite Menschenschar, der erging es ebenso, und auch sie bekam zu trinken. Diesmal war der Becher

aus Kristall. Die dritte Gruppe, die sich einfand, erhielt einen Trank aus einem goldenen Becher. Luitgard sah das alles und hätte auch gern getrunken. Da war es ihr, als spräche die Mutter Gottes zu ihrem Sohn: ‚Mein Kind, gib auch dem Lockenkopf dort zu trinken.' Worauf Luitgard die Antwort Jesu vernahm: ‚Ich will ihm nicht zu trinken geben, denn er verschmäht meinen Glauben, den ich aus Liebe zu den Menschen gebracht habe. Denn er meint, dass er mir nicht gefalle, weil sein Hals krumm gewachsen sei.' Nun sagte die Gottesmutter zu Jesus: ‚Du sollst dem Mädchen nicht zürnen, denn es meint, dass du es weniger lieb haben könntest, nur weil ihm der Kopf schief auf dem Hals sitzt.' Darauf nahm Jesus einen Becher und gab Luitgard zu trinken. Unsere Tochter aber war verzückt und lag acht Tage da und konnte weder essen noch trinken."

„Mein Gott", rief der Pater und sprang auf. „Eben habe ich Eurer Tochter gesagt, dass sie noch nicht verstehen könne, was eine Mystikerin ist. Und nun ist sie, wenn mich nicht alles täuscht, selbst eine Mystikerin."

Die Mutter stand mit bebenden Schultern vor dem Mönch, der jetzt in der niedrigen, mit Truhen und Zinngeschirr ausgestatteten Stube auf und ab zu gehen begann. Er schien keinen Zweifel an dem zu haben, was ihm die Frau offenbart hatte, denn es gab immer wieder begnadete Menschen, die in die höhere Welt entrückt wurden und über ihre himmlischen Erlebnisse berichteten. Es kam jetzt nur darauf an, die Berufung des jungen Mädchens in die rechte Bahn zu lenken, was bedeutete, ihr eine Zukunft und Beheimatung in einem Frauenorden zu geben. Pater Ansgarus bat die Mutter, ihm die Tochter noch einmal hereinzuschicken.

Luitgard kam ohne eine Spur innerer Erregung. Sie war für ihr Alter groß, schlank, mit wachen blauen Augen, hatte blondes Haar, das zu einem Zopf geflochten auf dem Rücken fast bis zur Taille reichte, und trug ein schlichtes, mit gelben Knöpfen besetztes Kleid, das ihre Taufpatin ihr genäht hatte. Durch das schmale, hübsche Gesicht fiel der leicht zur Seite geneigte Hals weit weniger auf, als das Mädchen vermeinte. Es hatte lange unter diesem Mangel ihres Körpers gelitten und sich als minderwertig gefühlt, bis es durch die geistige Schau in den himmlischen Thronsaal eines Besseren belehrt worden war.
Ansgarus bat Luitgard Platz zu nehmen, und er selbst setzte sich erst wieder, nachdem das Mädchen seiner Bitte gefolgt war, denn er ahnte, dass er einen begnadeten Menschen vor sich sah.
„Deine Mutter hat mir einige Dinge aus deinem Leben berichtet, die mir gefallen", sagte der Pater. „Nun, ich will nicht weiter in dich dringen, um zu erfahren, ob das, was du berichtet hast, der Lehre unseres Glaubens entspricht, denn ich weiß wohl, dass Gott sich außer in der Schrift auch durch Wundertaten offenbart."
Der Mönch hob die Hand und machte ohne Vorbereitung das Kreuzzeichen über das Mädchen, und Luitgard bekreuzigte sich sofort ohne ein Anzeichen der Überraschung, nachdem sie den unerwarteten Segen empfangen hatte.
„Ich möchte dich fragen, Luitgard, wie du dir dein weiteres Leben vorstellst. Hast du schon einmal darüber nachgedacht?"
„Ich möchte Vater und Mutter weiterhin eine brave Tochter sein und den Armen und Kranken helfen, wo ich kann."
Pater Ansgarus lächelte abermals. „Das ist löblich, mein

Kind, und entspricht dem vierten Gebot Gottes, das uns lehrt, Vater und Mutter zu ehren. Doch du wirst in wenigen Jahren eine gestandene Frau sein. Was gedenkst du dann zu tun?“

Das Mädchen zuckte die Schultern. „Gott wird mich führen und mir den Weg zur rechten Zeit weisen“, sagte es nach einer Weile.

„Ist dir nie der Gedanke gekommen, Gott in einem Kloster zu dienen, in der Gemeinschaft frommer Frauen?“

„Ich habe einmal einen großen Fehler gemacht“, erwiderte Luitgard kleinmütig, „ich glaube nicht, dass ich in ein Kloster aufgenommen würde.“

„Einen großen Fehler? Davon hat mir deine Mutter nichts erzählt. Wie groß soll der Fehler denn gewesen sein?“

„Ich habe einmal einen Gefangenen befreit, der verdient hätte, eine gerechte Strafe zu bekommen“, presste Luitgard hervor.

Die Augen des Paters wurden groß. „Befreit? Du?“

„Ja, durch die Kraft meines Gebetes.“

„Das musst du mir näher erklären.“

„Ich weiß nicht, was der Mann sich hatte zuschulden kommen lassen. Einige sagten später, er sei unschuldig gewesen oder falsch bezichtigt und angezeigt worden. Jedenfalls wurde er auf dem Weg nach Wolfach über Nacht bei uns einquartiert. Er lag in Ketten im Vorraum unserer Wohnstube, einen Wächter an jeder Seite. Mir tat der Mann leid. Von seiner Stirn tropfte Schweiß und er konnte ihn nicht abwischen, weil seine Hände gefesselt waren. Da habe ich es getan. Dabei sah mich der Gefangene dankbar an. Er hatte traurige Augen. Ich habe ihm gesagt, er möge beten. Wenn er unschuldig sei, werde Gott ein Wunder tun. Und auch ich würde beten, unablässig, die ganze Nacht.“

„Ja, und was geschah dann?"
„Die Wächter schliefen ein und wie durch ein Wunder konnte der Häftling sich aus den Eisenbändern befreien. Er dankte mir und lief fort. Da er aber den Weg nicht kannte und es dunkel war, irrte er im Wald umher und kam alsbald zu Füßen der Burg, auf dem seine Feinde saßen. Ich betete ohne Unterlass. Da nahm der Herr ihn unter seinen Schutz und führte ihn sicher aus der Gefahr."
Pater Ansgarus erhob sich, verschränkte die Hände in Ärmelfalten seines Habits und trat ans Fenster. Der Frühling strich mit ersten kräftigen Sonnenstrahlen wie mit wärmenden Händen über die Spitzen der Tannen und die noch grauen Weiden. Auf dem Gallusberg lag noch Schnee. Die Kleine Kinzig und das Gallenbächle verschluckten sich fast am Schmelzwasser, das sie zu Tal beförderten, der schäumenden Kinzig und dem majestätischen Rhein zu.
„Das klingt nach einem Gottesurteil", meinte der Mönch nach einer Pause. „Ich erkenne keine Schuld, die dich trifft, sondern eher ein Zeichen für Gottes Anteilnahme am Schicksal dieses Menschen."
Luitgard atmete hörbar auf. „Da fällt mir noch etwas ein", sagte sie. „Ich habe mir sagen lassen, dass sich am Tor Eurer Kirche in Alpirsbach zwei mächtige Bronzeringe befinden, die einem Menschen, der verfolgt wird, Sicherheit geben, wenn er sie berührt. Ist das so, hoher Herr?"
„Du meinst die sogenannten Freiringe. Das ist wohl wahr. Wer die Hand an sie legt, dem wird Asyl gewährt, solange er dort verweilt. Warum fragst du?"
„Der Gefangene, der durch mich freikam, hat die Bronzeringe berührt. Und dennoch wurde er verhaftet."
„Das ist gegen die Gepflogenheit und gegen das Gesetz."

„Wir Witticher Kinder haben beim Fangspiel eine ‚Botte', eine Freistelle an Mauer und Zaun, wo wir nicht gefangen werden dürfen. Einmal haben sie den Häberle Anton von dort fortgerissen, obgleich er ‚ag'schlage' gerufen hatte."
„So wird es mit deinem Gefangenen gewesen sein. Mach dir jetzt darüber keine Sorgen mehr, Luitgard. Gott wird dich weiter in seiner Hand halten und dich den Weg führen, den er für dich bestimmt hat. Ich meine, dass der Gang in ein Kloster der richtige für dich sei. Ich will darüber mit deinen Eltern reden."
Pater Ansgarus entließ Luitgard mit einem Segensgruß und nahm sein Brevier zur Hand. Doch seine Gedanken konnten sich nicht auf die Psalmen konzentrieren, er dachte über das Gespräch mit dem Mädchen nach und fand Vergleiche mit anderen jungen Frauen, denen ein ähnliches Schicksal – war es nicht Gottes Walten? – bevorgestanden hatte oder widerfahren war. Die franziskanische Armutsbewegung und die Spiritualität der hl. Elisabeth von Thüringen übten großen Einfluss auf sie aus. Der Mönch dachte an Gertrud von Hackeborn und ihre jüngere Schwester Mechthild, die fünfzig Jahre vor Luitgard 1241 auf Burg Hackeborn geboren worden war und deren Todestag nun drei Jahre zurücklag. Im Alter von sieben Jahren hatte sie mit ihrer Mutter ihre leibliche Schwester Gertrud im Kloster Helfta besucht. Dort gefiel es ihr so gut, dass sie gegen den Willen ihrer Mutter bei ihr blieb und eine Ausbildung in der Klosterschule erhielt. Im Alter von 17 Jahren war sie Leiterin dieser Klosterschule, und, da sie eine begabte Sängerin war, bald zur „Nachtigall Christi" geworden. Könnte ein ähnlicher Weg nicht auch in Gottes Lebensplan für Luitgard vorgezeichnet sein?

Eines Tages sah Luitgard einen Mann auf der Straße, der ihr einen sonderbaren Eindruck machte. Er war kein Bettler, aber auch nicht wie ein Bürger gekleidet. Er trug einen großen Hut mit breiter Krempe und auf dem Rücken einen Sack. Da sein Gang unsicher war und er sich schwer auf seinen langen Stab stützte, er manchmal die Augen schloss oder sich mit der Hand über das Gesicht fuhr, sprach Luitgard ihn an.
„Geht es Euch nicht gut, Herr? Ihr seid nicht von hier, nicht wahr? Seid Ihr auf der Wanderschaft?“
Das waren gleich drei Fragen auf einmal. Der Fremde lehnte sich gegen die Hauswand. „Mir scheint, ich habe Fieber, denn mein Kopf ist heiß. Nein, ich stamme nicht von hier. Ich komme aus dem Thüringischen und bin schon seit einigen Wochen unterwegs. Ich bin ein Pilger und auf dem Weg nach Santiago de Compostela, zum Grab des Apostels Jakobus. Ich will nach Konstanz am Bodesee und von dort auf Einsiedeln zu, wenn der Herr es so will. Vielleicht kann ich mich dort einer Pilgergruppe anschließen.“
„Aber in diesem Zustand werdet Ihr nicht weit kommen, Herr. Ihr müsst Euch ausruhen.“
„Ausruhen?“ Der Mann blickte Luitgard fragend an. „Ich darf hier nicht schlappmachen. Ich habe nicht einmal einen Bruchteil des langen Weges zurückgelegt und will doch vor Winteranbruch am Ziel sein. Nein, ich darf mir keinen Aufenthalt leisten.“
Luitgard wusste, dass sie den Mann nicht so weiterziehen lassen konnte. Sie fasste mutig nach seiner Hand. „Kommt ins Haus, Herr“, bat sie. „Eine Mahlzeit wird Euch guttun, wenn Ihr schon nicht rasten wollt.“
„Was werden deine Eltern sagen, wenn du mich ohne ihre Einwilligung mitbringst?“

„Vater und Mutter wissen, was das Gebot der Nächstenliebe bedeutet", erwiderte das Mädchen. „Zudem sind sie nicht da. Mutter macht eine Besorgung und Vater ist mit dem Knecht bei der Aussaat. Ich werde gleich unsere Kuh hüten, aber zuvor müsst Ihr hereinkommen und essen."
Der Pilger folgte dem Mädchen ins Haus. „Hast du denn keine Angst, einen wildfremden Mann in Eure Stube zu lassen?", fragte er.
Luitgard lachte. „Angst? Ich habe Eure Augen gesehen, die sind klar, wenn auch müde. Nein, ich habe keine Angst. Gott hat mich nicht vor Euch gewarnt."
„Gott? Gewarnt?"
„Ja. Ich spreche mit ihm und er lässt mich erkennen, ob ich das Richtige tue. Zudem habe ich einen guten Schutzengel."
Der Fremde war sprachlos. So viel Gottvertrauen war ihm auf seiner langen Pilgerschaft bisher nicht begegnet. Die Menschen waren im Gegenteil misstrauisch und abweisend, auch wenn er sich als Wallfahrer zur erkennen gab. Nicht einmal alle Priester waren zugänglich und boten ihm höchstens Unterschlupf in der Scheune oder im Heuschober. Er setzte sich auf den angebotenen Platz und Luitgard holte aus der Speisekammer Brot und ein herzhaftes Schinkenstück, dessen Ränder von einer Speckkruste überzogen waren.
„Wir haben guten Most im Keller. Wartet, ich werde Euch ein Krüglein voll holen. Ich bin gleich zurück."
Der Pilger biss in das frische Brot und lehnte sich wohlig kauend zurück. Sein Kopf schien mit einem Mal nicht mehr so heiß zu sein. Die guten Worte des Mädchens wirkten wie Balsam, wie Arznei. Er hatte keine Kinder. Seit seine

Frau bei der Geburt des ersten gestorben war und den Sohn mit ins Grab genommen hatte, führte er ein unstetes Leben. Als Wagenbauer gingen seine Geschäfte nicht schlecht, doch von Zeit zu Zeit hielt er es allein zu Hause nicht mehr aus, er musste hinaus, ein Stück Welt erkunden. Und eines Tages hatte ihm der Pfarrer daheim vom Apostel Jakobus und der Pilgerfahrt nach Galicien erzählt.
„So. Lasst es Euch schmecken! Prost!" Luitgard stellte den Krug auf den Tisch und den Becher dazu. Dann setzte sie sich auf einen Stuhl in der Ecke und wartete geduldig, während der Mann seine Mahlzeit einnahm. Derweil betete sie, Gott möge den Fremden bald wieder gesund werden lassen, und sie empfahl ihn auch dem Schutz der heiligen Jungfrau.
Der Pilger verabschiedete sich ein halbes Stündchen später mit vielen Dankesworten, doch kaum hatte Luitgard das Geschirr abgeräumt, gewaschen und an seinen Platz zurückgestellt, da erschien er abermals vor der Tür, dankte ihr nochmals und sagte, mehr als die kräftige Speise habe ihn ihre Güte gestärkt und er fühle sich bereits fast gesund.

Luitgard war gerade zwölf Jahre alt, als sie ihre Eltern bekniete, sie eine Begine werden zu lassen. Obgleich sie zunächst nicht genau wusste, um welche Frauengemeinschaft es sich hier handelte, war der gute Ruf der Bewegung, die im 12. und 13. Jahrhundert in Belgien und Flandern entstanden war, auch in die abgelegenen Täler des Schwarzwaldes gedrungen. Das Laterankonzil hatte 1215 die Gründung neuer geistlicher Gemeinschaften verboten, doch auf Bitten Jakob von Vitrys erhielten sie eine mündliche Bewilligung von Rom mit der Folge, dass sich die Kon-

vente fast über ganz Westeuropa ausdehnten. In Köln soll es um 1240 etwa zweitausend Beginen gegeben haben.
Die Beginengemeinschaften identifizierten sich nicht mit den bestehenden Orden und der Klerus ging zu ihnen auf Distanz. Einige Beginenkonvente zogen herum und lebten vom Betteln. Die hl. Elisabeth hätte sich ihnen gern angeschlossen, wenn es ihr Stand und ihre Verpflichtungen am Thüringischen Hof erlaubt hätten. Extreme religiöse Vorstellungen des Meisters Eckhart bestimmten zum Teil ihre Lebensweise, weshalb nicht nur die Städte, sondern auch die Kirche sie nicht gern sahen. So blieb auch der Vorwurf der Nähe zu den Häretikern nicht aus. Die Beginen pflegten das Gebet und die Kontemplation, zwei Merkmale, die Luitgard besonders gefielen, denn sie war eine stete Beterin und versenkte sich leidenschaftlich in das Leben Jesu und sein Kreuzesopfer.
Die Beginen setzten sich als erster weltlicher Frauenverein für die sittlich-religiöse Erneuerung ein, wobei sie vor allem die Frauen des mittleren Standes im Blick hatten. Nicht strenge Abgeschlossenheit von der Welt, sondern tätige Krankenpflege, Schutz alleinstehender Menschen, Hilfsangebote für verlassene Frauen, Erziehung unmündiger Kinder hatten sie auf ihre Fahne geschrieben. Sie fertigten auch Textilien an und scheuten sich nicht, als Leichenwäscherinnen Dienst zu tun. Für ihren Lebensunterhalt sorgten sie selbst. Aus ihrem Kreis waren einige bekannte Mystikerinnen hervorgegangen, so zum Beispiel die Freundinnen Eva und Juliana von Lüttich, denen die Kirche das Fronleichnamsfest verdankt.
Trotz widersprüchlicher Meinungen, die über die Bewegung im Umlauf waren, trat Luitgard im Jahre 1302 bei den

aus den Niederlanden hierhergekommenen Beginen in Alt- oder Oberwolfach ein, die nach der Regel des Dritten Ordens des hl. Franziskus lebten. Dieser Tertiarinnen- oder Büßerorden war 1221 vom hl. Franz von Assisi gegründet worden. Auf dem Wege zur Aufnahme in die Klostergemeinschaft muss Luitgard wohl so aufgeregt gewesen sein, dass sie nicht auf den Weg achtete und beim Überqueren der Kinzig in den Fluss stürzte. Eilig von hilfreichen Händen an Land gezogen, stand sie triefnass am Ufer und kommentierte das Malheur schmunzelnd: „Nun bin ich erst richtig getauft worden!“

Das Leben im Kloster machte ihr große Freude, und ihr Verhalten in der Gemeinschaft der Schwestern war von vornherein vorbildlich. Andere Schwestern ihres Alters eiferten ihr nach. Sie trug stets ein sackartiges Oberkleid, ging barfuß, verzichtete auf Wein und Fleisch und gab von allem, was sie besaß oder ihr zuteilwurde, den Armen.

„Ach, mein Gott und mein Herr, hilf mir, dass dieses geistliche Kleid, das ich trage, meinen geistlichen Werken entspreche und dass ich mich so verhalte, wie es recht ist“, betete sie.

Durch das asketische und ganz auf Gott ausgerichtete Leben drang sie immer tiefer in die Leidensgeschichte Christi ein, sie war „immer in Übung guter Werke“, sodass sie sich selbst darüber vergaß und manchmal wie bewusstlos dalag oder wie ein Mensch, der von Sinnen war. Diese geistigen Entrückungen schwächten ihren Körper, formten jedoch ihnen Geist.

Ihre Eltern galten als reich im Verhältnis zu den Menschen ihrer Umgebung. Manchmal fragte sich Luitgard, ob es rechtens sei, dass Vater und Mutter gegenüber der Bevölkerung im hinteren Kinzig- und Reinerzauer Tal so wohlhabend lebten, während bei manchen Tagelöhner- und Waldarbeiterhütten die Not aus den Fenstern schaute. „Könnte ein solches Leben vor Gott nicht zu ihrem Nachteil gereichen?“, fragte sie sich. „Ich werde Gott bitten, ihnen das weltliche Gut und Glück zu nehmen und sie arm zu machen wie die Menschen an ihrer Seite.“

In der Tat geschah es, dass sie vor ihrem Tode nur das Nötigste zum täglichen Leben besaßen und dass Luitgards Eltern schließlich als „schlichte Taglöhnersleute im Vortal“ galten, die sich „durch frommen, ehrsamen Lebenswandel“ ausgezeichnet hatten.

Auch die Lebensumstände ihres Bruders missbilligte die junge Ordensfrau. Er war stark und lebenslustig, „in den Augen der Welt gar ein kraftvoller Mann“. Doch Luitgard fürchtete, er könne darüber das überirdische Gottesreich vergessen und seine Seele verlieren. So bat sie Gott, ihren Bruder zur Einsicht zu verhelfen. Bald darauf wurde er bettlägerig und war viele Jahre krank ...

Einmal, es war Winterzeit und bitter kalt, hatte Luitgard das Nötigste zum Leben verschenkt und der Frost setzte ihr zu. Da ward ihr wie durch ein Wunder ein großes graues Tuch gegeben, in das sie ein Loch für den Kopf schlitzte und das sie zweimal um ihren Leib schlang wie einen Mantel.

„Wenn du weiterhin so entbehrungsreich lebst, selbst auf das Notwendigste zum Leben verzichtest, das unser Orden jedem von uns zubilligt, wirst du nicht älter werden als unser Herr Jesus“, mahnte die Oberin die junge Nonne am Fest Kreuzauffindung nach dem Frühgottesdienst.

„Das wäre mir gerade recht“, antwortete Luitgard. Und sie

fuhr fort, mit Ernst und Eifer für die Kranken zu sorgen, die Armen zu beschenken, die Elenden zu trösten und sich um Waisen zu kümmern. Doch achtete sie fortan auf die Ermahnungen ihrer Vorgesetzten und suchte die Ordensregeln strikt zu befolgen. Denn wer sich hervortat, sei es durch übereifriges, ungestümes Handeln oder mehr als inständiges Beten, versündigte sich gegenüber der Gemeinschaft und ihrem Prinzip der Gleichrangigkeit.

Das oberste Lebensziel der Zeit, in der Luitgard lebte, war die Loslösung von der irdischen Welt und die Hinwendung zur jenseitigen. Sich ohne Hemmnisse und Hindernisse in die Geheimnisse der christlichen Lehre versenken und das Dasein in diesem irdischen „Jammertal“ danach ausrichten zu können, schien vielen frommen Menschen oberstes Gebot. Dazu bot die Stille, die Einsamkeit der Wälder und Fluren, hinreichend Gelegenheit. Nicht ohne Grund entstand gerade in dieser Phase der Weltgeschichte eine Reihe kontemplativer Klöster, die ein beschauliches Leben pflegten, ohne die Pflichten eines Christenmenschen gegenüber seinen leidenden Nächsten zu vernachlässigen.

Die Abgelegenheit und Abgeschlossenheit der klösterlichen Siedlung begünstigte das Streben nach dieser Selbstverwirklichung. Das nächstgelegene Kloster alter Tradition war in Alpirsbach, jenseits des Blasiwaldes und des Himmelbühls. Es erhob sich an einer offenen, weiten Stelle der oberen Kinzig an der Einmündung des Aischbaches. 1095 war die Abtei der Benediktiner, in der Pater Ansgarus als Novizenmeister und Seelsorger für die umliegenden Dörfer und Weiler wirkte, von Adalbert I. von Zollern und zwei anderen Edlen als Kloster der gregorianischen Reform gegründet worden. Die Weihehandlung vollzog der Konstanzer Bischof Gebhard. Der erste Abt hieß Kuno und kam aus St. Blasien. Die berühmte Klosterkirche, ein dreischiffiges Münster und das bedeutendste flachgedeckte romanische Gotteshaus Württembergs, erhielt 1098 ihre Weihe. Die Vogtei wurde von den Grafen von Zollern und später von den Herzögen von Teck ausgeübt.

2

EIN NEUES KLOSTER

Das Jahr 1319 stellte eine entscheidende Zäsur im Leben der Nonne Luitgard dar, die nach fünfzehn Jahren heiligmäßigen Lebens im Kloster zur Oberin gewählt worden war. Im März jenes denkwürdigen Jahres sicherte Papst Johannes XXII. in einer Bulle jenen Beginen Schutz und Hilfe zu, die die Regel der Franziskaner-Tertiarier angenommen hatten. Zuvor hatte es heiße Debatten und Diskussionen um die Frauengemeinschaft gegeben. Auf dem Konzil von Vienne 1311 plädierten die deutschen Bischöfe für ihre Verurteilung, von der der Papst nur Flandern ausnahm. Die deutschen Niederlassungen der Beginen waren von der Auflösung bedroht. Die Vollstrecker der Inquisition hatten ab 1307 in Toulouse zahlreiche Beginen und ihre männlichen Gegenüber, die Begarden, als Ketzer einmauern oder verbrennen lassen.

Stand auch das Oberwolfacher Kloster vor dem Aus? In jener Zeit ereignete sich im Leben der Schwester Luitgard ein Vorgang, der bestimmend für ihr weiteres Leben werden sollte. Sie hatte sich im Verlauf von fünf Jahren in fünf Tugenden geübt und war immer aufgeschlossener und sensibler für die Anrufungen und Stimmen des Himmels geworden. Am Himmelsfahrttag des fünften Jahres vernahm sie während der heiligen Messe eine Stimme, die zu ihr sprach: „Du solt ain hus buwen und solt vierunddreißig menschen zu dir nehmen jn aller der mainung, als ich vierunddreißig jar uff ertrich was.“ – Du sollst ein Haus bauen und sollst vierunddreißig Menschen zu dir nehmen, genau in der Meinung, dass ich vierunddreißig Jahre auf Erden war.

Im ersten Augenblick meinte die zu Tode erschrockene Luitgard, sich verhört zu haben. Hatte der Herr wirklich die Zahl vierunddreißig ausgesprochen? Hatte er nicht dreiunddreißig Jahre auf Erden gelebt und hieß es im Kirchenlied nicht „der dreiunddreißig Jahr im Fleisch gehorsam war“? Inbrünstig hoffte Luitgard auf eine Wiederholung der vernommenen Worte, doch Jesus schwieg, die Wandlung ging vorüber, der Gottesdienst neigte sich seinem letzten Teil zu. Doch auch während des Kommunionempfangs, als sie Zwiesprache mit dem eucharistischen Herrn hielt, hörte sie nichts dergleichen. Doch dann überstrahlte die Erkenntnis sie wie ein Sonnenaufgang: Jesus zählte sein Leben vom Augenblick der Empfängnis an, als der Heilige Geist die Jungfrau Maria heimgesucht, bis zur Todesstunde am Kreuz.

Überwältigt vom Glück des Erlebten, verließ die Nonne das Kirchlein. Sie teilte das Geheimnis mit niemandem, sie sprach überhaupt wenig mit den Mitschwestern, sodass man schon eine aufkeimende Krankheit vermutete.

„Es geht dir nicht gut, nicht wahr? Seit dem Himmelfahrtstag wirkst du wie entrückt“, stellte Schwester Klara bei einer unbeobachteten Begegnung im Kreuzgang fest. „Die anderen haben mich beauftragt, dich zu fragen, was mit dir los sei.“

„Es geht mir gut. Mach dir keine Sorgen“, erwiderte Luitgard lächelnd. „Aber ich habe etwas erlebt, das ich niemandem anvertrauen kann, jedenfalls jetzt noch nicht.“
„Auch mir nicht?“
„Tut mir leid, Klara, auch dir nicht. Aber es wird die Stunde kommen, da ich das, was mir befohlen wurde, verwirklichen muss. Und dann werde ich dich brauchen. Noch aber scheue ich mich, es anzugehen, denn ich sehe keine Möglichkeit dazu.“
Schwester Klara hob bedauernd die Schultern und ging wortlos davon.
Ein Haus bauen – was bedeutete das? Sicher dachte der Herr an ein Kloster. Ein Kloster für vierunddreißig Schwestern. An jungen Frauen würde es nicht fehlen, denn es gab viele, die sich zum Dienst für Gott berufen fühlten und in die Gründungen der Nonnen drängten. Auch entging ein Teil einer ungewollten Heirat oder einem niedrigen häuslichen Dienst, dessen Lohn zum Leben und Sterben nicht reichte. Eine andere Gruppe sah die Möglichkeit der Bildung oder der Verwirklichung ihrer Wünsche und Neigungen. Doch woher sollte eine mittellose und selbst auf Almosen angewiesene Schwester das Geld für einen Klosterbau hernehmen? Luitgard versenkte sich ins Gebet und trug dem Herrn ihre Not vor. Lange Zeit blieb sie ohne Antwort. Dann, am St. Othmarstag, dem 16. November, im Augenblick, als sie den Leib des Herrn empfing, kam ein großes inneres Feuer über sie, das sie ganz zu verzehren schien. Und aus dem Feuer hörte sie eine zornige Stimme: „Um was du gebetet hast, wurde dir gewährt. Mir aber willst du nicht folgen!“
Ja, ich werde es tun, durchzuckte es Luitgard. Ich weiß

nicht, wie, aber ich werde den Auftrag ausführen. In diesem Augenblick wich das Feuer und Balsam erfüllte ihre Seele. Als sich die Bedenken jedoch wieder einstellten, kam das Feuer quälender zurück und schien sie zu verbrennen. Auch in den Folgetagen erzählte Luitgard niemandem von dem Seelenerlebnis. Sie wollte sich erst sicher sein, dass die Offenbarung echt und nicht Einbildung war. So kam der St. Katharinentag, der 25. November, heran. Ihr Herz war geneigt, der Stimme zu gehorchen und das Haus zu errichten. Sie lenkte alle Gedanken auf Gott und sprach: „Ist es dein fester Wille, mein Herr und mein Gott, so will ich das Haus bauen. Doch gib mir ein Zeichen, wie ich es anfangen soll."

Als sie noch alle Kräfte erwartungsvoll auf den Herrn konzentrierte, fühlte sie sich entrückt. Sie kam an einen öden Platz, an jenen Ort, an dem später das Kloster entstehen sollte, und wusste nicht, wer sie in das einsame Tal getragen hatte. Als sie sich umblickte, gewahrte sie einen Mann. Er lag auf dem Boden in einer Haltung, als ob er gerade vom Kreuz abgenommen worden sei. Er trug die Wundmale wie Christus. Doch er lebte noch. Da näherte sich eine Frau, die erbärmlich und zerschunden aussah. Ihr Gesicht war voller blauer Flecken. Und die Frau wandte sich an Luitgard und sagte: „Geh zu deinem Vater, Kind!"

„Bist du denn meine Mutter?", fragte Luitgard überrascht.

Die Frau antwortete: „Ja, ich bin deine Mutter, nämlich die Christenheit, die zerschunden und zerstoßen ist von bösen Worten und Werken."

Da nahm die Frau Luitgard bei der Hand und führte sie zu dem auf der Erde liegenden Mann. Der Mann mit den Wundmalen sprach: „Ich bin Christus, dein Vater!"

Luitgard meinte jedoch, ihren leiblichen und in die Ewigkeit vorausgegangenen Vater vor sich zu sehen und mutmaßte, er habe alle Mühe längst hinter sich und alle seine Wunden seien geheilt. Doch der Schmerzensmann erwiderte mit klagender Stimme: „Liebes Kind, ich habe an mir selbst all meine Not und Mühe überstanden. Du sollst aber wissen, dass ich an meinen Gliedern nie größere Mühe und Leiden erfuhr."
Luitgard nahm diese Antwort tief in ihr Herz hinein, und nach einer Weile der Sammlung erwiderte sie: „Lieber Vater, wie gerne möchte ich dir zur Hilfe kommen. Sag mir doch, was du von mir begehrst und wie ich es verwirklichen soll!"
Darauf trug Christus ihr auf, ihren eigenen Willen hintanzustellen und sich ganz auf den Auftrag zu konzentrieren, an diesem Ort mit dem Bau eines Hauses zu beginnen. Er selbst werde der Hauswirt sein. „Und du", so lautete der Befehl an Luitgard weiter, „du sollst nichts anderes sein als eine Dienerin des Hauses."

3

ZWEIFEL UND HINDERNISSE

Konnte sie sich auf eine Vision verlassen, auf eine Entrückung in eine höhere Welt? Auf Worte, die mal schmeichelnd, mal eindringlich und fordernd an sie ergangen waren? Luitgard besaß einen festen, unkomplizierten Glauben, und dieser Glaube hatte sie bisher gelehrt, sich ihm vertrauensvoll hinzugeben und ihm getrost zu folgen. Am anderen Ende des beschrittenen Weges stand Gott, der sie über Abgründe und Tiefen führte und schließlich behutsam in die Arme nahm. So war es bisher gewesen. Doch jetzt kamen wider jede Gewohnheit Zweifel an der Sendung auf. Luitgard war unerfahren in Geldsachen. Die wenigen Münzen, die sie beim Betteln für andere heimbrachte oder aus dem Klosterschatz an Bedürftige verschenkte, standen in keinem Verhältnis zu der Summe, die für den Bau eines Klosters nötig war. Aber wenn Christus der Hauswirt sein wollte, konnte Luitgard da nicht getrost der Baumeister sein?

Nun konnte sie nicht länger schweigen. Sie musste Klara und die anderen Nonnen ins Vertrauen ziehen. Sie erntete Kopfschütteln und zweifelnde Blicke.

„Sie ist nicht bei Sinnen“, hörte Luitgard eine Schwester

beim Hinausgehen sagen. Wenn die anderen dieses Urteil auch nicht aussprachen, so spürte Luitgard doch, dass sie der gleichen Meinung waren. Nein, der Plan war zu verwegen und das göttliche Anliegen undurchführbar. Abermals stellte Luitgard den Baubeginn zurück und vertiefte sich ins Gebet in der Hoffnung auf Erleuchtung. Warum gab sie Spott und Beschämung mehr Raum als der himmlischen Verheißung? Warum verließ sie sich nicht auf Gottes Beistand, dem sie sich zuvor doch über Jahre blindlings anvertraut hatte?

Da war ihr, als ob sie einen lebendigen Bach durch die Luft fließen und etwas Wasser auf einige Leute herabrieseln sähe, nicht mehr, als durch ein Nadelöhr geht. Darauf sah sie einen Mann herbeieilen, der legte eine hölzerne Dachrinne an den Bach und sprach: „Wenn du meinst, so könnte diese Dachrinne gute Dienste tun, um das Wasser herablaufen zu lassen." Doch Luitgard bemerkte, dass die Dachrinne nicht so sauber war, um als Wasserleitung für die durstigen Menschen zu dienen, und sagte es auch.

„Wozu, glaubst du, ist die Dachrinne denn sonst gut genug?", fragte der Mann.

„Sie gehört ins Feuer!", stellte Luitgard sachlich fest. Im selben Augenblick entzündete sie sich und brannte lichterloh.

„Lieber Mann, nun sieh zu, dass du das Feuer auch wieder löschst!", rief Luitgard besorgt, „sonst verbrenne ich mit ihr."

„Du willst ja die Dachrinne aus Holz keine Rinne sein lassen!", entgegnete der Mann.

„Doch, das will ich!", rief Luitgard – und alsbald erloschen die Flammen. Der Mann legte die Dachrinne wieder an den Bach und das Wasser strömte den durstigen Menschen zu, die gierig tranken.

„Sag, tränkt nun die Rinne die Leute oder das Wasser?“, fragte die Stimme.
„Das Wasser erquickt sie und nicht die Rinne“, lautete Luitgards Antwort.
„Siehst du“, erwiderte die Stimme, „du sollst eine Rinne für das Haus sein und Gott wird dafür sorgen, dass viele Menschen zu dir kommen, um sich zu stärken.“
Allmählich begriff Luitgard, was das Gleichnis verdeutlichen wollte. Sie betete ohne Unterlass, kasteite sich, sah das Kreuz Christi und den Leichnam mit den Wundmalen, und die Wunden bluteten aufs Neue – wie am Karfreitag. Der Anblick der Wunden aber schmerzte sie, sie konnte nicht anders, als ohne Unterlass zu weinen. Sie weinte so viel, wie später nie mehr in ihrem Leben.
Nach zwanzig Jahren verließ Luitgard die vertraute Klosterzelle und machte sich auf den Weg, dem Befehl des Herrn Folge zu leisten und ein Haus zu bauen. Es war ein schmerzvoller Abschied, von den meisten Klosterinsassen auch nicht verstanden. Manche Nonnen versuchten sie von ihrem Plan abzubringen und der Gemeinschaft zu erhalten, doch alles Reden war umsonst. Zunächst wandte sich Luitgard nach Günterstal, einem Kloster in der Nähe von Freiburg. Die Zisterzienserinnenniederlassung war noch nicht alt, erst zu Beginn des 13. Jahrhunderts gegründet worden. Der Kaplan empfing sie freundlich und fragte nach ihrem Begehr. „Ich bitte Euch, in rechter Andacht eine heilige Messe zu lesen, um herauszufinden, ob das Anliegen, das ich verwirklichen möchte, wirklich von Gott ist. Denn wenn Ihr nur den geringsten Zweifel habt, ich würde keine gerechte Sache verfolgen, so sagt es mir.“
Luitgard bat auch die Klosterfrauen, in demselben Gottes-

dienst um Klarheit zu beten, und sie versprachen es. Als sie nun in Betrachtungen vertieft der heiligen Messe beiwohnte, erschien abermals das Kreuz Christi vor ihr und sie geriet in Verzückung. Der Herr löste eine Hand vom Marterholz und zeigte ihr den Ort, an dem sie das Kloster bauen sollte. Als Luitgard aus der Entrückung ins irdische Leben zurückkehrte, teilte sie niemandem mit, was sie erlebt hatte, doch die Nonnen spürten, dass sie eine Erscheinung gehabt haben musste.
Damals weilte gerade der bekannte Theologe, Seelsorger und Mystiker Heinrich Seuse im Kloster. Der Dominikanermönch aus Konstanz, fast im gleichen Alter wie Luitgard, besuchte damals viele Ordensgemeinschaften in Deutschland, denn er war ein angesehener Exerzitienmeister und Prediger. Heinrich Seuse entstammte einem alten Thurgauer Adelsgeschlecht und kam bereits im Alter von 13 Jahren zu den Dominikanern. Aus Verehrung zu seiner Mutter, einer geborenen von Seusen aus Überlingen, nannte sich Heinrich mit Zweitnamen „Seuse" – der Süße – in latinisierter Form „Suso". Mit 18 Jahren hatte er ein mystisches Bekehrungserlebnis. Ein Jahr bevor Luitgard ihr Oberwolfacher Kloster verließ, schickte ihn der Orden zum Studium generale nach Köln, wo er ein begeisterter Schüler des allseits bekannten Meister Eckhart wurde, der später allerdings nicht unumstritten war.
Heinrich Seuse gab mehrere Bücher heraus und beschrieb extreme Formen der Selbstkasteiung. Luitgard hätte sich ihm gern anvertraut, denn er war mit ihr durch seine mystischen Erfahrungen seelenverwandt, doch scheute sie eine Zusammenkunft, nachdem sie Teile seiner „Vita" gelesen hatte: „Eine Zeit lang trug er ein Hemd aus Haaren und eine eiser-

ne Kette, bis das Blut von ihm niederrann, sodass er gezwungen war, sie abzulegen. Er sorgte heimlich dafür, dass ein Unterhemd für ihn gemacht wurde, und an dem Untergewand hatte er Lederstreifen befestigt, in die etwa 150 eherne Nägel, scharf zugespitzt und gefeilt, getrieben waren, und die Spitzen der Nägel waren stets auf das Fleisch gerichtet ..."
Nein, bei aller Entsagung und Demütigung – so weit durfte der Mensch nicht gehen, um sich vor Gott zu erniedrigen und ihm durch Selbstzerfleischung zu gefallen. Daran konnte Gott keine Freude haben. Mit Abscheu mied Luitgard ein Zusammentreffen mit dem exaltierten Theologen.

Die Zeit der Unsicherheit war jedoch für Luitgard noch nicht zu Ende. Als sie nach Oberwolfach zurückkehrte und sich abermals gegen Gottes Auftrag wehrte, trat das Kreuz wieder vor ihr geistiges Auge und eine Stimme belehrte sie: „Du sollst wissen, dass du von Stund an keine Speise und keinen Trank mehr zu dir nehmen kannst. Es sei denn, du befolgst, worum ich dich gebeten habe, und beginnst, das Kloster zu bauen." Tatsächlich konnte die Nonne von diesem Augenblick an weder essen noch trinken noch schlafen. Sie wurde so krank, dass die Mitschwestern ihren Tod befürchteten. Als sich Luitgard in Gedanken wieder mehr mit dem Klosterplan beschäftigte und den Bau ernsthaft in Erwägung zog, kehrten die alten Fähigkeiten zurück.
„Wenn ich mich bisher aus Angst und Unsicherheit auch gesträubt habe, das Kloster zu errichten, so will ich den zweiten Schritt vor dem ersten tun", sagte sie sich. „Der Herr hat mir befohlen, vierunddreißig Menschen bei mir aufzunehmen. Nun, ich will ihm folgen in der Hoffnung, dass der Himmel mir mitteilt, wie ich sie ernähren soll."

Nun begann Luitgard mit der Suche nach vierunddreißig Frauen, sich selbst eingerechnet, die in der Klause neben ihrem Kloster Wohnung nehmen konnten. Dieser Teil des göttlichen Befehls war der leichteste. Sie fand willige und begeisterte Frauen, prüfte ihre Berufung und schied die Spreu vom Weizen. Aber nach wie vor blieb die Frage: Wie sollte sie den Bau des Klosters finanzieren? Sie überschlug ihre finanziellen Möglichkeiten – das Ergebnis war katastrophal.
Mit schier unbegreiflichem Gottvertrauen begann die Nonne aus dem Vortal ein einfaches Haus zu bauen. Einen ganzen Sommer bis zum Einbruch der Winterzeit hatten die Fuhr- und Bauleute zu tun. Die Verpflegung beruhte auf Almosen, die Luitgard und ihre Vertrauten in den Tälern ringsum sammelten.
Als der erste Schnee auf dem Kapellenberg fiel, war das Haus in der Einöde am Wüstenbach fertig. In einer feierlichen Prozession gingen die Nonnen, die Luitgard berufen hatte, mit dem Kreuz voran ins Tal von Wittichen und richteten sich, so gut es ging, ein. Mangel bestand an allen Enden, und Schmalhans war Küchenmeister. Dass es dennoch gelang, die Menschen unbeschadet durch den Winter zu bringen, grenzte an ein Wunder. Und in der Tat hieß es später in der Chronik des Klosters, dass kein größeres Wunder geschehen sei, seit Christus auf Erden wandelte. Doch ein Haus war noch kein Kloster …

Die Herzöge von Teck gehörten zu einer Seitenlinie der Zähringer. Die bestand seit circa 1187. Adalbert, Sohn Konrads von Zähringen, erbte die Besitzungen der Familie um die Burg Teck zwischen Kirchheim und Owen. Nach dem

Tod seines Bruders Berthold IV. nahm Adalbert den Titel eines Herzogs von Teck an. Nachdem Rudolf I. von der österreichisch-schwäbisch-pfälzischen Partei gestorben war, soll Konrad II. von Teck am 30. April 1292 in Weinheim zum deutschen König gewählt worden sein. Ob das stimmt, wird von einigen Historikern bezweifelt. Konrad wurde nach anderer Meinung auf der Reise nach Frankfurt am Main in der Hoffnung, dort am 2. Mai von den dort versammelten wahlberechtigten Fürsten gewählt zu werden, in der Vorwahlnacht von Anhängern der gegnerischen Partei ermordet. Im 13. Jahrhundert teilte sich die Linie in Teck-Oberndorf und Teck-Owen. Wenige Jahre nach Luitgards Tod starb die Linie Teck-Oberndorf aus.

Luitgard suchte mit ihrer Vertrauten Gerlind den Herzog von Teck auf seiner Burg in Schiltach auf, um ihn von ihren weiteren Bauplänen zu unterrichten und ihn um eine großzügige Unterstützung zu bitten. Dem Herzog gehörte auch die Burg Wittichenstein und er kannte die junge Nonne, die für sein Kind das Patenamt übernommen hatte.

„Nun, liebe Luitgard, ich habe schon gehört, dass du deine Klause in Oberwolfach verlassen hast und eine neue Niederlassung anstrebst. Ich halte das für leichtsinnig – zumal vor Einbruch des Winters, der, wie du weißt, in unseren Breiten sehr hart für Mensch und Vieh ist. Wolf und Luchs streifen noch in den Wäldern herum, und mag der Bär sich auch zum Winterschlaf in seine Höhle verkrochen haben, ganz gefahrlos ist es nicht, wenn man sich ungeschützt seiner Behausung nähert."

Luitgard verneigte sich vor dem Schlossherrn, einem großen, breitschultrigen Mann in samtener Kleidung und mit einem schwarzen Bart, der ihm fast bis auf die Brust reichte. Das wattierte Wams war Abbild der neuesten Mode. Es war modern, auch Herrenjacken und ebenso die Kopfbedeckung zu besticken. Der Herzog trug außerdem einen edelsteinversetzten Dolch am Gürtel, den er bei der Unterredung mit festem Handgriff umklammerte.

„Ich bitte Euch zu bedenken, dass ich nicht aus eigenem Antrieb in die Einöde gegangen bin", entgegnete Luitgard, „sondern im Auftrag Gottes handle, der mir nachdrücklich befohlen hat, ein Kloster für vierunddreißig Nonnen zu gründen."

„Hirngespinnste, Einbildung", brauste der Herzog auf. „Kannst du dir das nicht alles eingeredet haben? Hat der Himmel dir eine Bestallungsurkunde gegeben, dass du tatsächlich als Klostergründerin auftreten sollst? Wenn dein Vater noch lebte, würde ich mit ihm und er mit dir ein ernstes Wort reden, denn ich glaube nicht, dass er deine Beharrlichkeit widerspruchslos hingenommen hätte. Was also willst du?"

„Ein paar Heller, lieber Herr, damit ich die Bauleute bezahlen kann."

„Liebe Gevatterin", hub der Herzog an, „ich habe mich bisher gefreut, dich zu sehen, denn das Kind, das mit deinem Beistand getauft worden ist, gedeiht und ist ein prächtiges Mädchen." Er blickte wohlwollend auf die kleine Adelheid, die zu seinen Füßen spielte und die Unterredung zwischen den beiden Erwachsenen noch nicht verstand. „Jetzt aber", fuhr der Herzog fort, „sehe ich dich nicht mehr gern, denn du verirrst dich in ein Unterfangen, das ich nicht als göttlich erkennen kann."

Luitgard versuchte ihren Plan mit Beharrlichkeit zu verteidigen, doch erntete sie nur Unverständnis und Spott. Die

Herzogin zeigte sich ein wenig geneigter, Luitgard zu glauben, doch auch bei ihr überwogen die Zweifel an dem Vorhaben der Vortaler Nonne. „Liebe Luitgard", seufzte sie, „wohl bedarfst du des göttlichen Beistandes, denn niemand mag an deinem Unternehmen Gefallen finden. Ja, wenn berechtige Aussicht auf Erfolg bestünde, wollte ich dich wohl unterstützen." Als Zeichen ihres Wohlwollens entnahm sie dennoch einer mit Eisenbändern gesicherten Schatulle sieben Heller.

„Da, gib sie deiner Patin", forderte sie das Mädchen auf und gab ihm die Münzen in die Hand. Das Kind besah sich das Geld, zählte es mit ungeschickten Fingern, und weil es selbst Gefallen an ihm fand, wollte es der Ordensfrau die Heller nicht geben und begann zu weinen. Ein Edelfräulein des herzoglichen Hofes, das sich im Hintergrund des Raumes aufgehalten hatte, überredete Adelheid schließlich dazu mit dem Kompromiss, dass die Patin fünf Heller erhielt und dem Kind zwei geschenkt wurden.

„Wenn die hohen Herrschaften sich deinem Auftrag schon widersetzen, wie schwer wird es bei den einfachen Leuten sein, sie vom Bau des Klosters zu überzeugen", meinte Gerlind, als sie die Burg verlassen hatten.

„Manchmal begreifen die einfachen Leute schneller, was richtig ist", entgegnete Luitgard, „auch wenn wir nicht mit großen Almosen rechnen können. Haben wir sie erst einmal überzeugt, so hilft uns ihre Anteilnahme – und ihr Gebet."

Luitgard und ihre Mitschwester Gerlind begaben sich mit schwindender Hoffnung in den Ort Schenkenzell.

Ursprünglich hatte er einmal nur Zell oder Zelle – vermutlich in Anlehnung an das benachbarte Kloster Alpirsbach – geheißen, doch durch das dort ansässige Adelsgeschlecht der Schenken von Zell kam der Name in Gebrauch. Ein Schenk von Celle wurde 1244 erstmals in einer Urkunde der Grafen von Freiburg erwähnt. Er gehörte vermutlich zur *Ministerialität* des Grafen, obwohl der Ort damals der Grafschaft Sulz unterstand. Wahrscheinlich fiel Schenkenzell um 1250 im Zuge der Erbfolge an die Herren von Geroldseck, die Verwalter auf der Burg einsetzten, sie später aber auch selbst bewohnten.

In späteren Zeiten, als die Burg Schenkenzell verfallen war, weideten zwei Bauern ihre Ziegen in der Nähe der Ruine. Da erschien ein weißgekleideter Mann, der jedoch nur von einem der beiden Bauern gesehen werden konnte, und bedeutete ihm, mitzugehen. Er wurde an eine eiserne Bogentür geführt, die er zuvor nie gesehen hatte. Der Mann in Weiß öffnete sie mit einem großen Schlüssel. Durch einen langen Gang und zwei weitere eiserne Türen kamen die beiden Männer in ein Gewölbe, in der eine große Kiste stand. Der Bauer durfte auf Geheiß des Fremden die Kiste öffnen und fand sie voll blankem Gold. „Du darfst so viel mitnehmen, wie du zu tragen imstande bist", ermunterte ihn der weißgekleidete Mann. Doch der Bauer nahm nur wenig davon. Warum er sich nicht besser bedient hätte, fragte sein Begleiter draußen. „Ich werde schon wiederkommen, wenn der Vorrat verbraucht ist", entgegnete der Bauer gewitzt. Der weiße Mann aber sagte, das sei unmöglich. Das Wiederkommen sei ihm nicht gestattet. „Leider durfte ich dir das vorher nicht sagen", entschuldigte er sich. Darauf verschwand er. Auch die Bogentür war von nun an nicht mehr zu sehen. Von den

Goldmünzen aber, die so groß wie Sechsbätzner waren, befanden sich noch Jahrhunderte später elf Stücke im Flecken Schenkenzell.
Es gibt auch eine Sage, nach der eine Gräfin von Geroldseck, auf einer Reise über Kaltbrunn von der Niederkunft überrascht, von einer Tagelöhnerfamilie aufgenommen und liebevoll gepflegt wurde. Aus Dankbarkeit schenkte sie den armen Leuten von Langen- und Übelbach den Hägbachwald und hat dieses Vermächtnis auch später bestätigt. Laut einer anderen Version der Sage hatten die Bauern die durchreisende Gräfin im Hägbachwald überfallen, misshandelt und mit dem Tode bedroht. In ihrer Todesangst versprach die Gräfin den Bauern, dass die Armen beider Zinken Langen- und Übelbach den Wald nutzen dürften, und stellte später auch eine Urkunde darüber aus.
Luitgard und Gerlind sahen einen Bettler in der Nähe der Pfarrkirche stehen, und da es kalt war und der Mann fror, gaben sie ihm einen Heller, damit er sich einen Mantel kaufe. Einen weiteren Heller stifteten sie für eine heilige Messe, und von den drei restlichen Geldstücken erstanden sie zwei Brote für die Hausgemeinschaft.
Dann stiegen sie zur Burg Schenkenzell hinauf und baten um Einlass. Der Vogt ließ fragen, wer vor dem Tor stehe, und als sie sich zu erkennen gaben, gewährte er ihnen nicht ohne Vorbehalt Eintritt in den Burghof. Er hieß sie erst gar nicht Platz nehmen, sondern donnerte sie an: „Welcher Teufel schickt euch hierher? Bei allem, was ich über euch gehört habe, müsst ihr nicht ganz bei Verstand sein. Wie kann man euch glauben?“ Dabei umkreiste er sie mit finsterem Gesicht, das an einen angriffslustigen Löwen erinnerte.
Gerlind zog die Mitschwester am Habit zum Zeichen, dass

sie die ungastliche Stätte verlassen sollten, denn hier war wahrhaftig keine Hilfe zu erwarten. Doch Luitgard wiederholte ausdauernd, was sie auch anderswo erzählt hatte: Wie der Ruf des Gottessohnes an sie ergangen sei mit der Aufforderung, in der Einöde bei Wittichen ein Kloster zu bauen. Der Vogt hörte ihr erst gar nicht bis zum Ende ihrer Rede zu, sondern gab den Knechten ein paar Befehle, Pferde wurden herangeführt und alsbald sprengte die Jagdgesellschaft den Burghof hinaus.
„Wenn der Herr glaubt, dass er uns hier ohne Abschied verlassen kann, so irrt er sich“, beharrte Luitgard und setzte sich auf den Rand des Burgbrunnens. Gerlind fror, sie zog sich das dünne Ordenskleid enger um die Schultern. Die Sonne schien nur milchig und matt. Am späten Nachmittag kehrten die Jäger zurück. Offensichtlich war ihnen das Jagdglück hold gewesen, denn der Burgvogt befand sich in einer ausgelassenen Stimmung. Als er die Anwesenheit beiden Nonnen bemerkte, stutzte er. Wenn sie sich durch seine Rede nicht hatten vertreiben lassen und immer noch ausharrten, musste etwas Wahres an ihrem Auftrag sein. Nun doch freundlicher bat er die Frauen ins Haus, ließ ihnen ein wärmendes Getränk servieren und sich noch einmal das Anliegen ihres Besuches erläutern.
Nachdem Luitgard geendet hatte, machte der Burgvogt ein nachdenkliches Gesicht. Er ging in sich, und als er nach einer guten Weile wieder die Stimme erhob, lobte er den Mut der Ordensfrau und den ihrer Mitstreiterinnen, sich auf ein so großes Wagnis einzulassen. Allerdings redete er sich heraus, er könne in Abwesenheit des Herrn von Geroldseck, des Eigentümers der Burg, in dessen Diensten er stehe, kein Geld hergeben.

„Ich werde meinem Herrn jedoch vorschlagen, Euch nach Kräften zu helfen“, versprach er. „Denn mein Herr hat die Absicht, eine ewige Messe zu Ehren der heiligen Jungfrau und Märtyrerin Katharina zu stiften. Diese Stiftung soll – dafür werde ich mich einsetzen – Eurem Kloster zugutekommen.“

Luitgard dankte dem Burgvogt, auch wenn sie außer Worten guten Willens noch keine Unterstützung empfangen hatte, und wanderte mit ihrer Gerlind den Burgberg hinab. Auf dem Weg durch den Wald besaßen sie nicht mehr als zwei Brote, und als sie einen lahmen Menschen entdeckten, gaben sie ihm eines davon. Von dem einen verbliebenen Brot ernährte sich die klösterliche Gemeinschaft drei Tage, und als es aufgezehrt war, begaben sich die Schwestern in die winterstarre Natur und suchten nach bei der Herbsternte vergessenen Beeren und genießbaren Blättern und Gräsern.

4

POLITISCHES VERWIRRSPIEL

Während Luitgard und ihre engsten Begleiterinnen Gerlind und Metzlin – eine alte Form für Mechthild – in der Nähe von Wittichenweiler und der Burg Wittichenstein den geeigneten Ort für das künftige Kloster erkundeten, drang kaum Nachricht von den großen politischen Geschäften der Welt in die Einöde der Schwarzwaldtäler. Ein Jahr, bevor die damals 33-jährige Seherin am 18. Oktober 1323 erstmals Kinzig aufwärts aufgebrochen war, um dem göttlichen Befehl Folge zu leisten, hatte die Schlacht bei Mühldorf stattgefunden, durch die Ludwig IV. der Bayer den Titel eines römisch-deutschen Königs – Rex Romanorum – beanspruchen konnte. In der Folge erkannte Papst Johannes XXII., der aus eigenen machtpolitischen Bestrebungen an einem erstarkten Kaiser- oder Königtum in Deutschland wenig interessiert war, den neuen Monarchen nicht an und eröffnete zudem zahlreiche Ketzerprozesse gegen ihn.

Der Konflikt gehörte in eine Spätzeit der ständigen Querelen und Auseinandersetzungen zwischen Papsttum und weltlichem Herrschertum, der mit dem „Gang nach Canossa" Heinrichs IV. im Jahre 1077 einen Höhepunkt erreicht hatte. Seit der Kirchenreformbewegung im 11. Jahrhundert schwelte der Streit zwischen den beiden Universalgewalten Kaisertum und Papsttum, zwischen Imperium und Sacerdotium, der vor allem unter den Staufern und hier besonders in der Regierungszeit Friedrichs II. vehement zutage getreten war. Jetzt aber ging es um die Vormachtstellung der Wittelsbacher oder Habsburger. Das Papsttum war nach dem Untergang der Staufer durch die Abhängigkeit von Frankreich in die Isolation der „Babylonischen Gefangenschaft" nach Avignon abgedrängt worden.

Ludwig, ein Zeitgenosse Luitgards, war als zweiter Sohn Herzog Ludwigs II. des Strengen und seiner Frau Mathilde, einer Tochter König Rudolfs I. von Habsburg, Ende 1281 oder Anfang 1282 in München zur Welt gekommen und hatte nach dem Tode seines Vaters 1294 bis 1301 bei seinen österreichischen Verwandten in Wien gelebt. Mit Unterstützung seiner Mutter und deren Bruders König Albrecht I. wurde Ludwig Mitregent an der Seite seines Bruders Rudolf I. im Herzogtum Bayern. Das Verhältnis der beiden Brüder blieb zeitlebens gespannt. Um 1308 heiratete Ludwig die Tochter des Herzogs von Schlesien-Glogau, Beatrix. Einigkeit erzielten die Brüder Rudolf und Ludwig nur im Kampf gegen die Habsburger, die ihren Machtbereich nach Niederbayern auszudehnen versuchten.

Im Jahre 1314 starb Kaiser Heinrich VII. in Italien. Sein Sohn Johann von Luxemburg stand auf der Kandidatenliste für die Nachfolge, doch der erst 17-Jährige hatte schlechte Aussichten, von den Kurfürsten gewählt zu werden. So bewarb sich Ludwig als erster Wittelsbacher um die römisch-deutsche Königskrone. Doch auch Friedrich der Schöne aus dem Hause Habsburg, Sohn des Königs

Albrecht I., hoffte auf eine erfolgreiche Thronkandidatur. So kam es zu einer Doppelwahl: Am 20. Oktober 1314 wählten die Kurfürsten von Mainz, Trier, Böhmen, Brandenburg und Sachsen-Lauenburg Ludwig in Frankfurt zum König, und der Erzbischof von Mainz krönte ihn in Aachen. Doch bereits einen Tag zuvor, am 19. Oktober, hatten Ludwigs Bruder Rudolf und die Repräsentanten von Köln, der Pfalz, Sachsen-Wittenberg und Böhmen für Friedrich den Schönen gestimmt und ihn in Sachsenhausen zum König gewählt. Der Erzbischof von Köln setzte ihm in Bonn die Krone auf, weil Aachen, die alte Krönungsstadt, Friedrich die Tore nicht öffnen wollte.

Nun gab es zwei gewählte Könige und beide beanspruchten den Thron für sich. Ludwig war zwar in der alten Krönungsstadt Aachen gekrönt worden, doch der Erzbischof von Mainz war nicht der traditionell beauftragte Krönungsbischof. Dieses Privileg genoss der Kölner Oberhirte. Friedrich hatte dagegen in der falschen Stadt – Bonn – die Krönungsinsignien empfangen. Die Gültigkeit der Stimme Böhmens war insofern umstritten, als der vertriebene König Heinrich von Kärnten sich für Friedrich ausgesprochen und Johann von Böhmen für Ludwig plädiert hatte. Sollte eine militärische Auseinandersetzung den Konflikt entscheiden? Vorerst sammelte jede Partei Stimmen unter den Fürsten und Städten für sich. Ludwig konnte die Städter überzeugen. Mit seinem Bruder Rudolf söhnte er sich vorübergehend aus. Beide teilten sich die Herrschaft in Oberbayern und die Vormundschaft über die niederbayerischen Herzöge.

Die Habsburger verloren in der Schlacht am Morgarten 1316 gegen die schweizerischen Eidgenossen. Ludwig erkannte die neue politische Lage an. Im Reich lähmte eine große

Hungersnot wichtige politische Entscheidungen. Als Ludwig aufgrund von Wahlgeschenken für die Kurfürsten Teile des Wittelsbacher Besitzes an Mainz, Trier und Böhmen weggab, stand neuer Ärger mit seinem Bruder Rudolf ins Haus, der sich nun offen zu Friedrich dem Schönen und dem Hause Habsburg bekannte. Die Auseinandersetzung zwischen beiden konnte 1315 in Speyer noch ohne aktiven Militärschlag beendet werden, doch ein Jahr später kam es bei Esslingen am Neckar erneut zu einem kurzen Geplänkel beider Heere. Währenddessen hatte der bayerische Adel versucht, den Konflikt zwischen den verfeindeten Brüdern durch Zusagen und Absprachen zu lösen. In den Folgejahren ruhte der Zwist scheinbar. Ludwig nutzte die Zeit, seine Macht in Bayern auszubauen und sich zum Alleinherrscher aufzuschwingen. Sein Bruder konnte den ausgehandelten Kompromiss nicht mehr nutzen; er starb am 13. August 1319.

Friedrich der Schöne gab keine Ruhe und rückte im September 1319 nach Mühldorf vor. Doch da Ludwig Morddrohungen erhalten hatte und die Truppe Gefahr lief, ihren Anführer zu verlieren, zogen die Soldaten kampflos ab. Die Habsburger stießen darauf, eine Spur der Verwüstung im Land hinterlassend, bis Regensburg vor. Die Macht Ludwigs war gelähmt, er musste zurückstecken, doch auf seine Niederbayern konnte er sich verlassen. Seine Stunde kam am 28. September 1322 auf der Ampfinger Heide bei Mühldorf. Er konnte seinen Konkurrenten um den Thron vernichtend schlagen. Friedrich der Schöne und sein Bruder Heinrich sowie etwa 1300 Angehörige des österreichischen und salzburgschen Adels gerieten in Gefangenschaft und kamen nur gegen ein Lösegeld frei. Friedrich saß bis 1325 auf Burg Trausitz in der Oberpfalz in Haft.

Während Luitgard die Pläne für den Bau ihres Klosters weiterverfolgte, bemühte sich Ludwig um eine Anerkennung seiner Königswahl bei Johannes XXII. Doch der Papst hielt sich bedeckt und verfolgte eigene Interessen. So war ein Konflikt zwischen den beiden mächtigen Männern unvermeidlich. Während der Heilige Vater in Avignon eine neue Theorie des „Reichsvikariates" entwickelte, durch das in kaiserloser Zeit der Papst allein und nicht der römisch-deutsche König das Reichsvikariat über Italien innehatte, suchte Ludwig seine Reichsrechte in Italien durch die Entsendung des Grafen Berthold von Neuffen zu wahren. Der Papst jedoch hatte Robert den Weisen von Neapel zum päpstlichen Reichsvikar für Italien ernannt. Die bisherigen, nun abgesetzten päpstlichen Reichsvikare schlugen sich auf die Seite Ludwigs. Es kam zu langwierigen diplomatischen Verhandlungen, in denen niemand einlenken wollte, sondern jeder auf seinen Machtanspruch beharrte. Schließlich strengte der Papst am 8. Oktober 1323 einen kanonischen Prozess gegen Ludwig an, weil er sich König nannte, ohne die päpstliche Zustimmung zu besitzen. Außerdem wurde ihm der Kirchenbann angedroht, falls er nicht innerhalb eines Vierteljahres vor dem päpstlichen Gericht in Avignon erscheine, die Krone niederlege und seine Regierungsentscheidungen widerrufe. Eine von Ludwig geforderte neutrale Untersuchung der Vorgänge lehnte Johannes ab. Überhaupt zeigte er sich den Argumenten Ludwigs gegenüber unzugänglich, weshalb Ludwig nun seinerseits zum juristischen Gegenangriff überging, der mit der Frankfurter Appellation vom 5. Januar 1324 ihren Höhepunkt erreichte, in der Ludwig jeden päpstlichen Anspruch auf ein Vikariat in Italien bestritt, da er rechtmäßig gekrönter König sei.

Der Kirchenbann ließ nicht lange auf sich warten. Der Papst titulierte Ludwig fortan immer nur verächtlich als „Bavarus“ – den Bayern, wodurch er zugleich jeden Herrschaftsanspruch des Königs bestritt. Zwar legte Ludwig gegen den Bann in der Sachsenhausener Appellation Widerspruch ein, berief sich jedoch auch zum ersten Mal auf ein Herrschaftsprinzip, das auf der Mehrheitswahl gründete, und forderte ein allgemeines Konzil. In der Appellation standen auch Anschuldigungen der Spiritualen, mit denen Johannes wegen ihrer radikalen Armutsforderungen im Streit lag. Schließlich klagte Ludwig den Papst auch der Ketzerei an. Doch das Oberhaupt der katholischen Kirche wiederholte am 11. Juli 1324 den Bannspruch und fügte ein Interdikt gegen Ludwig und seine Anhänger hinzu.

Ludwigs ganzer Ehrgeiz bestand darin, den Papst zu schwächen. Er söhnte sich 1325 mit Friedrich von Habsburg aus und war sogar bereit, auf die Königswürde zu verzichten, falls Friedrich vom Papst anerkannt würde. Er wusste genau, dass Johannes XXII. zu einer Beilegung des Konfliktes in dieser Form nicht bereit war. Ludwig brach im Frühjahr 1327 nach diplomatischen Absprachen mit Papstgegnern nach Rom auf und empfing am 31. Mai in Mailand mit der Eisernen Krone der Langobarden die Königswürde von Italien. Am 17. Januar 1328 ließ sich Ludwig von Sciarra Colonna in der Ewigen Stadt zum römisch-deutschen Kaiser krönen und von einem Bischof salben. Das war die einzige mittelalterliche Krönung, an der kein Papst beteiligt war. Per Akklamation wurde der neue Herrscher vom Volk auch zum Stadtherrn von Rom erklärt. Demonstrativ zog er ins Kapitol und nicht in den Lateran ein, wie es sonst üblich gewesen wäre. Am 18. April erklärte Ludwig den Papst für abgesetzt, Johannes XXII. schickte im Gegenzug die Bannbulle nach Rom, worauf Ludwig wiederum die Todesstrafe wegen Ketzerei gegen ihn verhängte. Er erhob Nikolaus V. zum Gegenpapst. Am 27. Mai 1328 fand die gegenseitige Krönung von Kaiser und Gegenpapst statt. Es schien unmöglich, diese harten Fronten jemals aufweichen zu können.

Das politische Verwirrspiel endete dennoch mit einem Versöhnungsversuch. Friedrich der Schöne starb 1330, und in diesem Jahr stiftete Ludwig nach Beendigung seines von Querelen nicht freien Italienaufenthaltes das Kloster Ettal. Zwar zeigte er 1332 dem Papst noch seine Verständigungsbereitschaft an, falls dieser ihn vom Bann löse und als Kaiser anerkenne. Er ging sogar so weit, zugunsten Heinrichs von Niederbayern auf den Thron zu verzichten, falls er zuvor die Absolution erwarten dürfe, doch der Tod Johannes' XXII. 1334 machte den Versöhnungsbemühungen ein Ende. Der neue Papst hieß Benedikt XII. Er stand unter französischem Einfluss. Jeder Annäherungsversuch zwischen den beiden Parteien wurde von Frankreich vereitelt. Philipp VI. unterminierte die Bemühungen um eine Kontaktaufnahme mit dem neuen Pontifex, weshalb Ludwig 1337 ein Bündnis mit Eduard III. von England einging, einem Enkel des französischen Monarchen, der auch gern König geworden wäre und Philipp deshalb den Krieg erklärte. Während eines Besuches Eduards auf dem Hoftag in Koblenz 1338 wurde ein Bündnis bekräftigt, in dem Eduard von Ludwig zum linksseitigen Reichsvikar ernannt und als König von Frankreich anerkannt wurde. In seiner antipäpstlichen Politik gelang Ludwig im „Kurverein von Rhense" ein innenpolitischer Achtungserfolg: Die Kurfürsten

schlossen sich im Juli 1338 zum Schutz ihrer Rechte und der Rechte des Reiches zusammen. Sie beschlossen ferner, dass ein von ihnen mehrheitlich gewählter König vom Papst nicht bestätigt werden müsse. Der Kurverein war für die Reichsverfassung insofern von großer Bedeutung, als dort auch das Mehrheitsprinzip beschlossen wurde und sich das Kurfürstenkollegium darauf verpflichtete. Die Beschlüsse des Kurvereins wurden noch im selben Jahr auf dem Reichstag in Frankfurt durch das Gesetz „Licet iuris“ nochmals bestätigt. Mit der rechtmäßigen Königswahl entstand ein Anspruch auf die Kaiserkrönung ohne Zustimmung oder Bestätigung des Papstes. Ludwig wurde auf dem Höhepunkt seiner politischen Karriere gleichsam zur Inkarnation der Reichsidee für Fürsten und Untergebene.
Die diplomatischen Winkelzüge Ludwig IV. des Bayern waren damit nicht zu Ende. Sein ganzes Leben war ein Taktieren mit politischen Kräften, die ihm nützten oder schadeten. Seine Taten gelten als große Politik.
Was in wenigen Jahren auf der politischen Weltbühne geschah, stand in einem eigentümlichen Gegensatz zu dem, was sich zugleich in einem abgelegenen Schwarzwaldtal ereignete. Hier ging es um Machterhalt und Zugewinn, um Ellenbogenpolitik und rigoroses Planspiel auf dem Schachbrett der Geschichte, dort um die richtige Platzwahl für ein Kloster, um den einfachen Erwerb von Bauholz, die Sorge um Mitschwestern und die Finanzierung eines von Gott inspirierten Bauwerks. Die Errungenschaften des Politikers haben das abgelegene Wittichen nicht erreicht. Beide Parteien, Ludwig IV. der Bayer und die Nonne Luitgard, wussten nichts voneinander und sind sich auch nie begegnet. Aber beide haben mit allen ihren Kräften für die Verwirkli-

chung ihrer Ideen gearbeitet. Und sie haben zeitgleich gelebt und sind im selben Jahr gestorben: 1347.
Für Ludwig IV. war die Welt der Mystik nicht fremd, obgleich er ein auf weltliche Politik ausgerichteter Mann war, der jedoch unter dem Bannstrahl des Papstes und dem Ausschluss von den Sakramenten sehr gelitten hat. Er suchte wie viele Zeitgenossen seit 1297 gelegentlich Rat bei der Dominikanerin und Mystikerin Christina Ebner im Dominikanerinnenkloster Engeltal bei Nürnberg, wo auch Beginen lebten. Diese aus einer patrizischen Familie in Nürnberg stammende Frau, 1277 geboren, galt als überaus gebildet und geistig bedeutend, weitsichtig, am politischen Leben interessiert, und wurde von der Außenwelt in allerlei Nöten um Rat gefragt. Sie bekleidete verschiedene Ämter im Kloster und wirkte ab 1345 als Priorin. 1350 ist auch ein Besuch Kaiser Karls V. dokumentiert. Christina Ebner starb 1356.
Und doch gab es indirekt auch Berührungspunkte zwischen Luitgard und dem Kaiser. Der Biograf der seligen Luitgard, Berchthold von Bombach, schrieb an einer Stelle: „In den Zeiten, als das Leiden über die geistlichen Leute fallen sollte, sodass man sie zwang, ihr geistliches Kleid und geistliches Leben abzulegen, hatte es Gott ihr schon lange Zeit voraus verkündet ... Es wurde ihr auch offenbart, dass viele geistlichen Standes des Befehls wegen sich von Gott abkehren würden. Und als die Zeit kam, dass der Befehl herauskam, da hieß man sie und ihre geistlichen Kinder, die bei ihr im Kloster waren, weltliche Kleider anziehen. Das tat ihnen allen gar weh, besonders unserer Mutter Luitgard ...“
Hintergrund dieser Entwicklung war der sogenannte „Armutsstreit“, eine Auseinandersetzung zwischen den Franzis-

kanern und dem Papst. Nach der Regel ihres Stifters war jedes Recht auf persönliches wie auf gemeinschaftliches Eigentum untersagt. Das war ein Schritt, um die höchste religiöse Vollkommenheit zu erreichen, für die Christus selbst das reinste Beispiel gewesen war. Diese Lehre der Franziskaner teilten nicht alle Christen außerhalb des Ordens, ja, sie wurde sogar bekämpft, obgleich Papst Nikolaus III. in seinem Dekret „Exiit qui seminat" ihren Standpunkt geteilt hatte. Der Streit drang in die Öffentlichkeit, als der Dominikaner Johannes de Belna die Lehre der Minderbrüder beanstandete und sich die Franziskaner an Papst Johannes XXII. in Avignon wandten. Der Papst vertrat jedoch die Meinung der Dominikaner und wollte die Auseinandersetzung durch eine Lehrentscheidung beenden.

Da ließen sich die Franziskaner auf dem Generalkapitel zu Perugia 1322 zu einer folgeschweren Botschaft an die ganze Christenheit hinreißen: Ihre Lehre über die Armut Christi, die jetzt von Papst und Kurie beanstandet werde, sei bereits von Nikolaus III. als Glaubenslehre definiert worden und dürfe nicht angetastet werden. Johannes XXII. wehrte sich mit der Konstitution „Ad conditorem" vom 8. Dezember 1322. In diesem Beschluss verzichtete er auf das Eigentumsrecht an den Besitzungen der Minderbrüder, untersagte zugleich jedoch die Aufstellung der Prokuratoren. In der dogmatischen Konstitution „Cum inter nonnullos" vom 12. November 1323 verurteilte er die Lehre der Franziskaner. Christus und seine Jünger hätten keinerlei Gebrauchsrecht an jenen Dingen gehabt, deren sie sich bedienten, heißt es darin.

Die franziskanische Ordensleitung suchte nach einem Kompromiss, hielt aber am Grundsatz der Eigentumslosigkeit des

Ordens fest. Der Ordensgeneral Michael von Cesena, der zuvor mit Einverständnis der Kirchenleitung die Spiritualen in Südfrankreich bekämpft hatte, sagte sich vom Papst los, der über ihn den Kirchenbann verhängte. Spiritualen hießen jene Franziskaner, die im ersten Jahrhundert des Ordens das Beispiel ihres Stifters und seiner Gefährten befolgten und radikal arm lebten, ohne spätere mögliche Entwicklungen unter anderen Lebensumständen zuzulassen. Die Geschichte der Franziskaner jener Zeit ist von vielen internen Auseinandersetzungen und Richtungskämpfen gezeichnet.
Michael von Cesena war 1327 aus Italien nach Avignon berufen und dort festgehalten worden. Jetzt floh er mit Bonagratia von Bergamo und Wilhelm Ockham nach Pisa zu Ludwig dem Bayern. Der Ordensgeneral folgte 1330 dem heimkehrenden Kaiser nach München und setzte seinen literarischen Kampf gegen den Papst als Häretiker fort. Hier fand er im Monarchen einen Bundesgenossen im Streit mit dem Heiligen Vater. Ludwig bewahrte ihn vor einer nach Ausschluss aus dem Orden verhängten lebenslangen Haft. Dafür unterstützte Michael von Cesena den Konzilsplan Ludwigs IV. Er bewahrte auch Distanz zu Papst Benedikt XII. und starb unausgesöhnt 1342 in München.
Die kirchenpolitischen Ereignisse hatten auch Auswirkungen auf das *monastische* Leben Luitgards und ihres Konvents. Die Schwestern wurden angehalten, ihr Habit abzulegen und weltliche Kleidung anzuziehen.
„Wir haben uns Gott überlassen“, sagte sie. „Wie er es haben will, sollen wir es von ihm annehmen. Der Papst steht an Gottes statt. Dem sollen wir gehorsam sein. Er hat vielleicht eine gute Absicht damit, und die Pfarrer, das glaube ich, legen es nur in härterer Weise aus, als der Papst es

meint. Aber wie dem auch sei, wir sollen im Gehorsam leben, wie's Gott uns fügt. Und das Leiden soll uns mehr zu Gott hintreiben als von Gott weg. So mahne ich euch alle in Gott, dass ihr dies Leiden mit mir traget."

Luitgard ging in Gehorsam voran, sie nahm einen Strohsack, schlitzte ihn auf und machte sich ein Kleid daraus. Als Schleier wählte sie ein Stück Leinwand, das sie sich zurechtschnitt. Die Schwestern folgten ihrem Beispiel. Dann gingen sie zur Kirche. Unterwegs kam es der Oberin in den Sinn, dass man mit diesem Gewand Gott und die ganze Christenheit im Kern verspotte, und ihr Herz wurde schwer. Aber war nicht auch Christus verspottet worden, hatte man ihm nicht seiner Kleider beraubt und einen Mantel umgelegt?

Bei diesem Gedanken fiel Luitgard in Ohnmacht, und die Ohnmacht war so tief, dass ihre Sinne schwanden und sie nichts mehr sah und hörte. Lange lag sie in diesem Zustand da. Als sie schließlich wieder zu sich kam, war sie krank, so krank, dass man sie heimbringen und betten musste. Der Pfarrer kam und bedauerte ihren Zustand, und auch andere Geistliche waren von ihrem trostlosen Anblick so ergriffen, dass sie sich fragten, ob die Anordnungen, die sie im Auftrage des Bischofs und der Hierarchie getroffen hatten, nicht doch überzogen gewesen waren. Die Chronik schreibt: „Sie erschraken und ließen ihr den Willen, im Kloster mit ihren Schwestern zu leben und sich einzurichten, wie sie wollte."

Was damals sonst noch geschah? Der Papst verbot im Advent das Essen von Butter, doch der sächsische Kurfürst setzte sich dafür ein, dass sie wieder auf dem Speiseplan erschien ...

5

HANDLANGERDIENSTE

Es wurde Sommer, bis im engen Wittichental die Zimmerleute die ersten Balken setzten. Geeignetes Bauholz zu finden war gar nicht einfach gewesen, denn große Waldstücke waren für das Floßholz bereits ausgehauen. Dünne Stämme würden die Decken und Wände des kleinen Klosters nicht tragen können. Luitgard suchte ihren Vetter Konrad auf und bat ihn, einige Burschen aus den Weilern und von den Höfen zusammenzutrommeln und mit ihnen den Wald nach kräftigen, gerade gewachsenen Stämmen zu durchforsten. Der Vetter hatte nur widerwillig zugestimmt, denn er wusste nicht, wo er ein untadeliges Bauholz auftreiben sollte.

„Wenn der liebe Gott dir einen so großen Packen auf den Rücken legt, soll er auch dafür sorgen, dass du ihn forttragen kannst“, lautete sein Urteil. Doch es gab Menschen, die sich ihm bei der Holzsuche freudig anschlossen, sahen sie doch, mit welchem Ernst die Klosterfrau „ihre Sach“ betrieb.

„Mein Herr und mein Gott, willst du hier ein Kloster machen, so schau, wo du das Holz hernimmst“, forderte

Luitgard ihren göttlichen Herrn beim Abendgebet auf. Nach drei Tagen keimte in ihr die Gewissheit, dass Gott ein Wunder wirken würde.

„Geh noch einmal hinaus, Konrad, du wirst das beste Holz finden, das je in diesem Wald gewachsen ist.“ Konrad schüttelte nur missbilligend den Kopf. Er hatte schließlich anderes zu tun, als sich auf die vagen Prophezeiungen seiner Base zu verlassen. Doch dann schulterte er die Axt und bestieg mit seinen Kameraden den Silberberg. Luitgard und ihre Gefährtinnen beteten derweil ein Stoßgebet auf das andere. Als es Abend wurde, kamen die Männer fröhlich singend heim.

„Wie ist es euch ergangen?“, fragte Luitgard gespannt und bemerkte die Freude in den glänzenden Gesichtern der Burschen.

„Wie soll es uns ergangen sein? Wir haben so viele gute Stämme geschlagen, dass wir eine knappe Woche brauchen, um sie herzuschaffen. Was aber das Tollste ist: Vor drei Tagen haben wir das gleiche Waldstück durchkämmt und nur Knieholz und Buschwerk gefunden. Jetzt aber stehen die herrlichsten Bäume dort. Das ging nicht mit rechten Dingen zu. Wüsste ich nicht, dass Gott Wunder wirken kann, ich müsste an meinem Verstand zweifeln.“

Luitgard lächelte. Sie wusste nun, dass Gott mit ihr war und dass sie ihm die Bauleitung getrost überlassen konnte. Ein nicht minder ernstes Problem stellte die Suche nach geeigneten Handwerkern dar. An Tagelöhnern und Hilfsarbeitern fehlte es nicht, die waren leichter zu bekommen, doch Fachkräfte waren rar und nur mit Mühe zu verpflichten. Als Luitgard schließlich genügend Bauleute beisammen hatte und das Werk aus dem Boden aufragen sah, stell-

te sich immer drängender die Frage, wie sie die Männer entlohnen sollte. Sie ging fröhlich und unbeschwert umher, sodass jeder meinen konnte, die Pfennige lägen zuhauf in der Lade, doch als es zum ersten Mal ans Bezahlen ging, musste sie von Haus zu Haus, von Dorf zu Dorf und schließlich außer Landes gehen, um das erforderliche Geld zusammenzubetteln.
Gerlind und Metzlin, die zwei Nonnen, die ihrer Mitschwester Luitgard in die Waldeinsamkeit gefolgt waren, taten Handlangerdienste. Sie reichten den Zimmerleuten Latten für den Hausbau an, trugen Wasserbottiche herbei, schleppten Dachpfannen und mussten obendrein Korn malen, Brot backen und die hungrigen Menschen beköstigen. Das taten sie lange ohne Widerspruch und aus der Überzeugung ihres Glaubenslebens. Doch mit der Zeit wurde ihnen die Arbeit zu viel. Sie lebten während der Bauarbeiten am Kloster in einer Hütte aus Ästen mit einem Laubdach. Diese Unterkunft bot keinen wirklichen Schutz, schon gar nicht vor wilden Tieren, vor denen sich die beiden Frauen fürchteten. Immer, wenn sie sich des Nachts todmüde auf ihrer Schlafstatt ausstreckten, fürchteten sie, von hungrigen Wölfen und angriffslustigen Bären zerrissen zu werden. Manchmal kletterten sie aus lauter Angst auf die Bäume und verbrachten die Zeit in den Ästen. Diese Angst wuchs noch, wenn Luitgard im Lande auf Bettelreisen unterwegs war und sie sich ohne ihren Schutz wussten. Denn von ihrer Oberin ging eine unerschütterliche Sicherheit und Zuversicht aus, die sie alle Gefahren trotzen ließen.
Eines Tages, als Luitgard wieder einmal betteln gegangen war, konnte es Schwester Gerlind nicht mehr aushalten und lief davon. Sie konnte es nicht mehr ertragen, dass sie

zu all ihrer Arbeit auch noch fürchten musste, von wilden Tieren zerfleischt zu werden. Es war besser, sie ging an einen anderen Ort. Dort konnte sie Gott genauso dienen wie in Wittichen. Gerlind dachte auch an das gleichmäßige und beschauliche Leben im Kloster Oberwolfach und sehnte sich nach den früheren Zuständen. Doch je weiter sie sich von der Baustelle entfernte, umso eindringlicher hörte sie eine Stimme, die sie bat, ihre Mitschwester nicht im Stich zu lassen und zurückzukehren. Diese Stimme machte ihr das Herz nicht schwer, im Gegenteil, sie ermunterte und erfrischte sie, sodass sie eine unerklärliche innere Kraft verspürte, eine Kraft, die Leben spendend war. Diese Kraft übertrug sich nach der Rückkehr auch auf Metzlin, und beide gingen mit neuem Mut an ihre Arbeit.

Die beiden Schwestern trösteten sich dann und sagten: „Wir mögen es drehen und wenden, wie wir wollen: Gott will, dass wir hier bleiben."

Kam Luitgard dann von ihren Touren zurück und fragte, wie es ihnen ergangen sei, so berichteten sie ihr alles, was ihnen widerfahren war und welche Angst sie ausgestanden hatten. Ihre Oberin fand immer hilfreiche Worte. „Die Heiligen gingen in die Wüste und aßen Wurzeln und Kräuter und dienten Gott mit großer Hingabe. So sollt auch ihr tun. Bittet Gott, dass er euch die Gnade gibt zu bleiben – oder dass er euch einen anderen Ort zuweist, der euch lieber ist."

Luitgard sprach jedoch nicht nur ihren Mitschwestern Mut zu, sondern auch den Werkleuten. Oftmals brannte die Sonne aus wolkenlosem Himmel auf sie nieder und sie litten Durst, der Schweiß rann ihnen von der Stirn, oder sie verletzten sich an einem scharfen Kantholz oder an der

Säge. Sofort war Luitgard zur Stelle, brachte Wasser, verband die Wunden und tröstete sie. Es gab trotz vieler Entbehrungen niemanden, der nicht gern bei ihr und für sie gearbeitet hätte.
Bei ihrem nächsten Besuch in der Stadt kaufte Luitgard viele Ellen graues Tuch, um ihre Schwestern zu kleiden. Alle, die zu ihr kamen und sie sahen, staunten über ihre große Milde, mit denen sie allen entgegentrat, und über ihre trostreichen Worte, mit denen sie alle bedachte. Zu den armen und kranken Menschen redete sie mit besonders großer Liebe.

Am St. Lukastag, dem 18. Oktober 1325, besuchte die Klostergemeinschaft in Oberwolfach den Festgottesdienst zu Ehren des heiligen Evangelisten. Darauf bewegte sich eine feierliche Prozession mit dem Kreuz an der Spitze ins Kinzigtal hinab und weiter über Schiltach und Schenkenzell ins Tal der Kleinen Kinzig und hinauf ins schmale Wittichener Tal. Dem Kreuz und der Oberin folgten vierunddreißig Nonnen entsprechend den vierunddreißig Lebensjahren Jesu. So hatte der Herr es selbst in einer Vision Mutter Luitgard offenbart. Viele Menschen, die unterwegs den sonderbaren Zug beobachteten, kannten Luitgard von ihren zahllosen Bettelgängen. Einige hatten sie zuerst für eine Närrin gehalten, für nicht ganz richtig im Kopf. Jetzt mussten sie beschämt feststellen, dass sie ihr Unrecht getan hatten, als sie ihren Klosterplan als Spinnerei verwarfen. Das Kloster stand, aber es war noch nicht fertig. Es hatte feste Wände und ein stabiles Dach, auch wenn es im Innern an allem mangelte. Es würde noch Jahrzehnte dauern, bis es seine endgültige Gestalt gewann. Und es brauchte fünf Jahre, bis das Kirchlein zu Ehren Unserer Lieben Frau, der hl. Katharina von Alexandria, der hl. Klara, des hl. Franziskus, der heiligen Apostel Petrus und Paulus, aller zwölf Apostel und aller Heiligen geweiht werden konnte. Wenn die Schwestern nachts schlafen gingen, so legten sie sich auf Stroh. Sie lagen dicht beieinander und mussten übereinander hinwegschreiten, wenn sie den Raum verließen. Das Elend war ein ständiger Begleiter. Selten konnten die Nonnen sich satt essen. Kam ein Priester in die entlegene Gegend und war er bereit, die hl. Messe zu lesen, so bereiteten sie ein Tuch über eine Truhe – das war der Altar. War der Gottesdienst beendet, so entfachten sie vor dem Altar ein Feuer und wärmten sich daran. Das Feuer war der Mittelpunkt ihres Lebens, denn einen Herd gab es noch nicht. Auf dem Feuer bereiteten sie ihre Mahlzeiten, am Feuer aßen sie, wärmten und wuschen sie sich. Als die Maurer eine Bühne aus Estrich formten, legten sie sich des Nachts darauf, Frauen und Männer, denn auch die Handwerker mussten einen Platz zum Schlafen haben. Es gab ein großes Durcheinander, vor allem, wenn jemand seiner Notdurft wegen den Raum verlassen musste. Zu allen Entbehrungen legte sich die Ordensgemeinschaft noch strenge Übungen wie Nachtwachen, Fasten und Kniebeugen auf. Luitgard hatte ihren Mitschwestern Armut prophezeit. Die Prophezeiung war eingetreten.

6

MYSTISCHE NÄHE ZU GOTT

Die Menschen, die sich ganz auf Gott einließen, lebten zu dieser Zeit in ihrem Herzen von der Gnade, die ihnen zuteilwurde, von der innigen Liebe, die dem göttlichen Herzen entströmte. Sie waren von Gott ausgefüllt, ja, Gott lebte in ihnen. Die Art und Weise ihres Lebens würde in späteren Zeiten gewiss als „unüblich" empfunden, man würde Ärzte und Psychologen zu ihrer Behandlung empfehlen und sie im auffälligsten Fall gar der menschlichen Gemeinschaft entziehen und in die Psychiatrie einweisen. Sie hatten die Fähigkeit der „Gottesminne", des ganz auf Gott ausgerichteten und von ihm durchdrungenen Lebens.

Die Schwestern der glückseligen Luitgard wuchsen immer mehr in die Ewigkeit der Liebe Gottes hinein, sodass sie ihre Armut nicht mehr als bitteres Los empfanden, sondern als Teil ihrer zum ewigen Heil notwendigen Läuterung. Wenn sie beieinander waren und von Gott redeten, erfüllte so viel Glückseligkeit ihr Herz, dass sie lachten und fröhlich waren. Manchmal benahmen sie sich, als ob sie von Sinnen seien, sprangen übermütig herum oder sangen. Die eine lachte, die andere weinte, die dritte schrie ihre Freude in den Tag hinaus, manche aber schwiegen auch und verinnerlichten ihr Glück. Wer sie gesehen hätte, hätte sie für betrunken halten können. Sie waren – wie es in ihrer Chronik heißt – trunken von dem Trank, von dem die zwölf Apostel am Pfingsttag trunken wurden. Der Heilige Geist erfüllte sie, und dieser Zustand unerklärter Freude und Begeisterung hielt über einen langen Zeitraum an, beginnend am Fest des hl. Martin am 11. November, wohl an die fünfzehn Tage.

Ihre Armut zwang die Gemeinschaft zu Sparsamkeit und Maßhalten. Sie fastete streng an zwei Tagen die Woche bei Wasser und trockenem Brot. Manche nahm ihr karges Mahl um einen Wasserkrug sitzend auf der Erde ein, während die anderen an groben Tischen saßen. Die zu Tisch saßen, sahen, wie die auf der Erde hockenden Mitschwestern so von Gnade erfüllt waren, dass sie meinten, Christus selbst habe sich zu ihnen auf den Erdboden gesellt und esse mit ihnen. Da fühlten die, die zu Tische saßen, sich von einer inneren Kraft genötigt, sich auch auf den Boden zu setzen.

Die jüngeren Schwestern, die die Erfahrung, ganz aus Gott zu leben, noch nicht kannten oder in der Heiligen Schrift und im Wort Gottes noch nicht so bewandert waren, wurden vom Beispiel der älteren so entzündet, dass sich alle mühten, gute Werke zu tun. Das zeigte sich zum Beispiel, wenn eine Schwester einen Mantel oder ein anderes Kleidungsstück von besserem Tuch trug als die anderen. Sogleich bot sie der, deren Mantel oder Habit zerschlissen war, das gute Stück an und nahm das schlechtere.

Im Kloster lebte eine Schwester, die alles Reden vermied. Sie schwieg drei Jahre, ging barfuß, trank keinen Wein, aß kein Weißbrot und verzichtete auf jede schmackhafte Speise. Über ein Jahr trank sie auch nichts mehr. Es gab mehrere Schwestern, die sich das Schweigegebot für ein Jahr auferlegten. Sie beteten viel, lagen auf den Knien, bis ihre Knie anschwollen oder große Blasen entstanden. Gott sah ihre Opfer und er durchdrang sie immer mehr mit seiner Liebe. Eine von ihnen gedachte des Leidens und Sterbens Jesu mit solcher Hingabe, dass er ihr eine seiner Wunden gab, die sie trug bis an ihr Lebensende.

In Straßburg lebte eine Ordensfrau, die zu den „Gottesfreunden" zählte. Das war eine Gruppe von Menschen, die eine besondere mystische Nähe zu Gott suchten. Ihr gehörten neben Nonnen, Mönchen und Priestern auch Laien beiderlei Geschlechts mit weltlichen Berufen an. Ihren Namen hatte die Gruppe der Bibel entnommen, in der Abraham und Mose wegen ihres auf Gott ausgerichteten Lebens als „Freunde Gottes" bezeichnet werden. Auch im Johannesevangelium ist von „Freunden" die Rede statt von Knechten. Augustinus bezog sich im Sinne einer christlichen Theologie und Spiritualität ebenfalls auf sie. Im Mittelalter versuchte man die „Gottesfreunde" als die „wahrhaft Frommen" von der übrigen Christenheit zu unterscheiden. Zu den bekanntesten Vertretern gehörte auch „das mystische Dreigestirn des Dominikanerordens", Meister Eckhart, Johannes Tauler und Heinrich Seuse. Die „Gottesfreunde" traten vor allem im südwestdeutschen und schweizerischen Raum auf, besonders am Oberrhein. Es gab mehrere Zentren dieser Bewegung. Eine lockere Gruppe versammelte sich noch zu Lebzeiten von Oberin Luitgard um Rulman Merswin. Anhänger dieser mystischen Richtung wirkten auch in Basel, Straßburg und Köln.

Als sich die Straßburger Ordensfrau in tiefer Meditation befand, hörte sie dreimal die Worte: „Es kommt eine Bettlerin über den Rhein her von einem neuen Stift. Wer ihr immer dazu auch nur einen halben oder einen ganzen Pfennig gibt, der ist des ewigen Lebens sicher. Das ist so wahr wie das heilige Evangelium und das Paternoster. Zum Wahrzeichen findest du sie am St. Nikolaustag in der Kirche an dem Giessen." „Giessen" – so wurde das Mühlwehr in der Ill bei ihrem Einfluss in Straßburg genannt. Auf ihrem rechten Ufer lag die St. Nikolauskirche.

Die Ordensfrau machte sich am bezeichneten Tag auf den Weg, und tatsächlich, sie entdeckte zwei Schwestern in stillem Gebet vor dem Tabernakel der Kirche. Es waren Luitgard und Gerlind, die sich auf Bettelreise links des Rheins befanden.

„Eure Ankunft ist mir schon angezeigt worden", sagte sie, nachdem die drei das Gotteshaus verlassen hatten.

Luitgard wunderte sich nicht, sondern lächelte nur. „Mein Herr und Meister hält also Wort."

„Was meint Ihr?"

„Nun, Gott hat mir aufgetragen, ein Kloster zu bauen. Er ist der Bauherr. Also muss er auch dafür sorgen, dass sein Werk gelingt. Für die Entlohnung der Arbeiter bin freilich ich zuständig."

„Euer Kloster liegt Gott sehr am Herzen. Sonst würde er dem Spender selbst geringster Gaben nicht die ewige Glückseligkeit versprechen."

„Ja, das ist wohl wahr", erwiderte Gerlind. „Unser Kloster steht ganz in Gottes Hand. Ich habe unsere treue Mutter bisher auf vielen Bettelgängen begleitet, und manchmal war mir der Weg zu weit oder beschwerlich. Mehr als einmal wollte ich aufgeben, denn oftmals schloss sich die Tür vor unseren Augen und wir gingen unverrichteter Dinge fort. Dann hörte ich eine innere Stimme: Wer die Wege mit der Mutter geht und ihr zur Seite steht, der gewinnt die gleichen Gnaden, als wenn er in Demut und Reue eine Wallfahrt nach Trier macht, wo der Rock unseres Herrn Jesus Christus aufbewahrt wird."

Die Straßburger Ordensfrau trat einen Schritt zurück und verneigte sich vor Luitgard. „Ihr seid von Gott berufen, Großes zu tun. Ich wünschte, ich dürfte Gott so nahe sein wie Ihr."

„Das seid Ihr!", rief Luitgard und umarmte die Mitschwester. „Jeder Mensch ist Gott nahe. Die Menschen merken es oft nicht, was er mit ihnen vorhat oder wie er sie formen möchte nach seinen Wünschen."

Die Schwestern gingen eine Weile durch die lebhafte Stadt. Das Liebfrauenmünster strebte mit seinen Pfeilern und Wänden über die buckligen Häuser hinaus in den winterlichen Himmel. Das edle Bauwerk war längst noch nicht fertig. Überall hörte man die Steinmetze klopfen und sägen, hämmern und feilen.

Die Münsterkirche aus rosa Vogesenstein sollte eine besondere Gottesburg sein, nicht so schwer wie die romanischen Basiliken, sondern leichter, beschwingter, wie Töne, die vom Notenblatt in den Himmel segeln. Luitgard und Gerlind standen bewundernd davor. „Die Kirche soll das höchste Bauwerk der Menschheit werden", erklärte die Straßburger Nonne. „Ob sie den Himmel wohl erreicht?"

„Nicht mit Steinen, sondern mit Gebeten", nickte Luitgard und ließ ihre Blicke auf dem steinernen Kunstwerk ruhen. Darauf gingen sie zum Kloster St. Stephan, einer der ältesten Kirchen der Stadt, an der Mündung der Breusch in die Ill im nördlichen Teil Straßburgs gelegen. Der Priester nahm sie herzlich auf, denn er hatte schon von ihnen gehört. Vor allem die Geschichte vom Holz, das auf wunderbare Weise in drei Tagen gewachsen war, war ihm schon zu Ohren gekommen. Davon hatte ihm der Vogt von Schenkenzell erzählt. Luitgard vernahm es nicht gern, denn solche geheimnisvollen Vorgänge gehörten nicht in die Öffentlichkeit. „Wie konnte es nur geschehen, dass diese Geschichte die Runde machte?“, fragte sie Gerlind, als sie allein waren. Doch Gerlind wusste auch keine Antwort darauf. Auch die Äbtissin des Klosters brachte die Rede auf das Wunder und fragte, ob es wahr sei, was aus dem Wittichental berichtet werde. „Ich weiß nicht, wer die Geschichte aufgebracht hat“, antwortete Luitgard, „aber das mit dem Holz hat schon seine Richtigkeit. Doch fragt mich nicht, wann und wie der Herr die Bäume in so kurzer Zeit hat entstehen lassen. Das ist sein Geheimnis und wir werden uns hüten, daran zu rühren.“

In jenen Tagen lebte und lehrte in Straßburg ein bekannter Theologe und Mystiker, mit dem sich Luitgard seelenverwandt fühlte, denn er sprach in seinen Vorlesungen über den göttlichen Kern der Seele und versuchte, seinen Zuhörerinnen und Zuhörern den Weg zur „Unio mystica“, zur Vereinigung der Seele mit Gott schon im irdischen Leben, nahezubringen. Viele Menschen verstanden nicht, was er meinte, doch Luitgard begriff sehr wohl seine Begeisterung für diesen Gedanken.

„Es kommt eine Bettlerin über den Rhein ...“ Für ein knappes Stündchen gelang es Luitgard, den viel gefragten Predi-

ger Tauler zu sprechen. Tauler ahnte gleich, dass er eine ungewöhnliche Ordensfrau vor sich hatte, eine, die nicht mit den üblichen Maßstäben zu messen war. Er spürte ihre innere Nähe zu Gott und ihre Ergriffenheit von seiner ewigen, unsichtbaren Gegenwart. Johannes Tauler war etwa zehn Jahre jünger als Luitgard, doch trotz seines noch jugendlichen Alters schon in weiten Kreisen der theologischen Welt bekannt. Er stammte aus einer wohlhabenden Straßburger Familie, trat schon früh in den Dominikanerkonvent seiner Heimatstadt ein, wo er während seines Studiums auch auf Meister Eckhart gestoßen sein mag, der mehrmals in der Stadt weilte. Tauler wurde nach der Priesterweihe in der Seelsorge für Ordensschwestern und Beginen eingesetzt.
Sie mieden die quirlige Stadt mit ihren Lauten, Gerüchen, ihrem Geschrei und suchten ein ruhiges Plätzchen am Ufer des Rheins. Dort setzten sie sich auf eine Bank.
„Ich bin froh, Euch zu treffen“, sagte Tauler, „denn Eure Ankunft ist mir ja schon aus dem Kreis der ‚Gottesfreunde‘ angekündigt worden.“
„Und ich bin untröstlich, Eure kostbare Zeit in Anspruch zu nehmen, da ich Euch ja keine gleichwertige, gelehrte Gesprächspartnerin sein kann, mit der Ihr Euch austauschen könnt.“
„Es ist nicht das Studium, das einen Menschen auszeichnet“, entgegnete Johannes Tauler mit einem Lächeln auf Luitgards Einwand, „sondern seine Herzensbildung, die ja göttlichen Ursprungs ist, und die Fähigkeit zur Selbstlosigkeit. Wenn ich mich zurücknehme, klein und gering mache, begreife ich Gottes Größe, aber auch sein Wirken in seinen Geschöpfen.“

„Das genau spüre ich!“, rief Luitgard begeistert, „die Größe Gottes in seiner Schöpfung und seinen Geschöpfen. Wenn ich könnte, möchte ich allen Menschen mein Herz schenken, zu allen gut sein und dadurch Gottes Liebe zeigen.“

„Der Fehler unserer Tage wird der Fehler aller Zeiten bleiben, Mutter Luitgard, nämlich, dass wir Gott anhand von theologischen Schriften und Dokumenten meinen erklären zu können. Gott ist weder vom Katheder noch von der Kanzel aus zu begreifen. Man kann Anregungen geben, gewiss, Hinweise, sicher auch Leitsätze. Aber die Erfahrung mit Gott, mit seiner Größe, mit seiner Unendlichkeit muss jeder in sich selbst austragen.“

Luitgard spürte, wie ihr Körper ins Zittern geriet. Obgleich der Tag warm war, die Sonne schien und der Wind mit milder Hand über das Land strich, überzog eine Gänsehaut ihre Arme.

„Mir geht es darum, würdige Mutter, dass die Menschen erfahren, wie der göttliche Atem auch in ihnen ist und wirkt – wenn sie ihn zulassen.“

„Aber das ist für viele unmöglich“, warf Luitgard ein. „Sie arbeiten den ganzen Tag wie die Bienen und Ameisen, um sich und ihre Familien zu ernähren und durch die Jahre zu bringen – mehr Zeit als für ein Stoßgebet oder für den Besuch der Sonntagsmesse bleibt ihnen nicht.“

Tauler nickte. „Vielleicht es der Einfluss des Bösen, des Teufels, dass die Menschen unentwegt mit irdischen Dingen beschäftigt sind und ihnen die Zeit für die ewigen Dinge fehlt. Sie kämpfen für das Überleben ihres Leibes in diesem Erdental – und nicht für das ihrer Seele in der Ewigkeit.“

„Die Menschen wissen zu wenig von Gott“, sagte Luitgard bitter und blickte versonnen über den Rhein. Ein Fischer-

boot näherte sich dem Ufer. Während ein Mann das Ruder bediente, stakte der andere mit einem langen Stangenbaum in die Flut. Vielleicht hatten sie einen guten Fang.
„Die *Genesis* belehrt uns, dass der Mensch nach Gottes Ebenbild und Gleichnis erschaffen ist, mehr nicht", seufzte Tauler. „Wie wir Gott im Alltag erfahren können, darüber schweigt die Schrift. Altert Gott? Wird er auch von Krankheiten heimgesucht? Wenn wir Ebenbilder Gottes sind, müsste Gott dieselben Widrigkeiten erleiden, die wir auf Erden erdulden müssen. Das ist schwer vorstellbar und auch nicht richtig. Seht, Luitgard, Ihr erfahrt es und auch mir wurde die Gnade zuteil, zu erkennen, dass wir einen göttlichen Funken in uns tragen, ja, dass wir – ist es vermessen zu sagen? – ein Teilchen Gottes sind. Zu dieser Gotteserfahrung gehört ein schmerzhafter Prozess, nämlich das ‚Leerwerden' der Seele, ja, die Gottesferne, das Dunkel der Gottverlassenheit, bevor die Gottesfülle die Seele erreicht und beglückt. Ich muss Euch nicht sagen, wie schwer dieser Vorgang ist. Ihr habt ihn durchgemacht. Ich weiß aus Erfahrung, dass keine Worte ausreichen, um zu beschreiben, welche Wandlungen in einer mystisch geprägten Seele vor sich gehen und wie man dem Wesen Gottes näherkommen kann. Gott ist so groß, dass irdische Maße ihn nicht fassen können. Allerdings wird er in Jesus Christus deutlicher und erfahrbarer."
Es entstand eine Stille, die nur vom Flügelschlagen eines Fischreiherpaares unterbrochen wurde. Luitgard sah Johannes Tauler dankbar an, doch der Theologe blickte wie entrückt auf den Strom, dessen Wasser sich in Ufernähe silbern kräuselte und kleine Strudel bildete. Dann griff er nach einem Brusttuch. Doch mit dem Tuch zog er unbeab-

sichtigt ein gefaltetes Blatt hervor, das zu Boden segelte. Luitgard war schneller. Sie bückte sich und reichte ihm das Papier zurück.
„Seht“, sagte der Theologe dankend und wies auf das Manuskript. „Ich trage den Text schon lange mit mir herum, aber ich bin unschlüssig, ob er so bleiben kann. Ich habe ihn an dieser nämlichen Stelle geschrieben, auch zur Winterszeit, der Nebel umwallte mich. Da sah ich aus dem Dunst ein Schiff den Rhein abwärts gleiten, ein gespenstisches Bild. Aber das Schiff wurde mir zum Gleichnis, zum Gleichnis für unser aller Wunsch nach Erlösung.“
Tauler reichte Luitgard das Papier. „Wenn Ihr wollt – Ihr dürft es lesen.“
Luitgard griff zögernd zu, denn sie fühlte sich nicht würdig, in die geheimen Gedanken eines Menschen einzudringen. Doch dann las sie, von seinem Zuspruch ermutigt:

„Uns kommt ein Schiff gefahren,
es bringt uns süße Last,
darauf viel Engelscharen,
und hat ein hohen Mast.

Das Schiff kommt uns geladen,
Gott Vater hat's gesandt;
es bringt uns hohe Gnaden,
Christ, unsern Heiland.

Das Schiff kommt uns geflossen,
das Schifflein geht ans Land,
hat Himmel aufgeschlossen,
den Sohn herausgesandt.

Hier liegt es in der Wiegen,
das liebe Kindelein.
Sein Aug' glänzt wie ein Spiegel.
Gelobet muss es sein."

Im Laufe seines Lebens schrieb Tauler etwa achtzig Predigten nieder, die sich stark mit der Mystik befassten und von denen Luitgard möglicherweise Kenntnis erhielt.
Der Konflikt zwischen Kaiser Ludwig IV. dem Bayern und Papst Johannes XXII. führte zu einem Streit zwischen dem Dominikanerorden und der Stadt Straßburg. Die Dominikaner ergriffen die Partei des Papstes und weigerten sich, für die Bürger Straßburgs weiterhin Gottesdienste zu feiern. Straßburg aber stand aufseiten des Kaisers. Deshalb mussten die Dominikaner 1338 die Stadt verlassen.
Das Adventslied blieb noch lange in der Schublade, ehe es 1357 veröffentlicht werden konnte. Tauler ging nach Basel. Dort blieb er bis 1342/43, als der Konvent nach Straßburg zurückkehren durfte. Auch in Basel stand Johannes Tauler mit den „Gottesfreunden" in engem Kontakt, darunter auch Heinrich von Nördlingen und Margarete Ebner, mit der auch Luitgard von Wittichen zusammengetroffen war.

Luitgard und Gerlind besuchten noch manche Klöster und Orte links des Rheins und erfuhren dankbar, wie sie aufgenommen, und schweren Herzens, wie sie abgewiesen wurden. Der Beutel mit den Hellern und Pfennigen füllte sich langsam, und als er randvoll war, war es an der Zeit heimzukehren. Luitgard wollte ihre Schwestern nicht länger alleinlassen. Die Armut war noch immer der aufdringlichste Gast, dagegen lebten die Nonnen vom seelischen Reich-

tum der Gottesbegegnung, die ihnen in der reinen Natur auf eindringliche Weise zuteilwurde. Sie hatten das Gefühl, inmitten der Schöpfung zu leben, in Harmonie mit den Vögeln und Eidechsen, Mäusen und Käfern, ja, selbst die Angst vor den Wölfen und Bären schmolz allmählich dahin. Mit der Zeit fanden immer mehr Frauen den Weg ins Kloster. Die Zahl vierunddreißig war längst überschritten und man näherte sich der Siebzig. Die Oberin wusste nicht, wie sie die vielen Menschen ernähren sollte. Sie kaufte Brot für fünf Schillinge und legte es auf einen gesonderten Platz. Die Klostergemeinschaft aß acht Tage davon. Doch auch die anderen Menschen, die zum Kloster gehörten, mussten essen. Luitgard nahm einen Knecht beiseite und fragte ihn, woher er das Brot für die Mahlzeiten nehme.
„Ich nehme es von dem Platz, den Ihr ihm zugewiesen habt", lautete die Antwort.
„Hat niemand von euch Brot hinzugekauft?"
„Nein. Es ist doch reichlich vorhanden. Weshalb hätten wir zusätzlich Brot kaufen sollen?"
Da wusste Luitgard, dass Gott sie auf wunderbare Weise speiste wie Jesus die Fünftausend am See Gennesaret und sie lobte und pries den Herrn für seine Güte.

7

AUS DER NOT EINE TUGEND

Nicht alle, die das Leben im Kloster kennenlernen wollten, blieben auch dort. Das war auch nicht beabsichtigt, denn Jesus hatte sich vierunddreißig Schwestern gewünscht. Viele kamen aus Neugier, weil sie von dem Kloster und seiner wunderlichen Entstehung gehört hatten, manche kamen, um vom geistigen Leben der Schwestern zu lernen, wie sie selbst Gott mehr finden könnten im Alltag und im Beruf. Es gab eine Zeit, da waren vierzig Frauen im Kloster versammelt und man hatte für sie nur fünf Brote.

„Ich bin dafür, dass wir die Brote an die jüngeren Schwestern austeilen, die alten aber fasten lassen", meinte Schwester Augustina. „Denn die alten, die meist nur beten, brauchen nicht mehr die Kraft, die wir bei der Hausarbeit benötigen." Dem widersprach die Mehrheit des *Konvents*. Schwester Fortunata schlug vor, das Brot zwischen jungen und alten Schwestern geschwisterlich zu teilen. Das gebiete die christliche Lehre. So geschah es auch. Sie brachen das Brot in viele Bröckchen und alle am Tisch erhielten davon und wurden satt. Am Ende blieben noch zahlreiche Stücke übrig. Da erkannten die Nonnen, dass Gott ihnen wieder seine besondere Gnade hatte zuteilwerden lassen.

In manchen Jahren fiel die Kornernte schlecht aus. Eine lange Regenzeit verdarb die Halme auf den Feldern, sodass sie zu Boden fielen und verfaulten, oder eine drückende Hitze ließ die Saat erst gar nicht richtig aufgehen. Einmal herrschte eine Hungersnot, die alle Täler des Schwarzwaldes leiden ließ, das arme Kloster aber besonders traf. Es gab noch einen kleinen Vorrat an Gerste, Hafer und Hirse. Luitgard ordnete an, das Korn zu mahlen und Brote davon zu backen. So geschah es. Manchmal aßen die Schwestern nichts bis zur Vesperzeit. Dann bekam jede ein Stück Brot von der Größe eines Eis und dazu einen Klacks Mus. Viele hungernde Menschen aus der Umgebung klopften im Kloster an, besonders die Kinder, und baten um eine milde Gabe.

Wenn die Schwestern kein Brot mehr besaßen, verschenkten sie ein wenig Obst. Sie machten aus der Not eine Tugend und erfanden Gerichte nach eigener Rezeptur. Das Mus wurde von einer Schwester gekocht. Man meinte, sie spreche in der Küche zu wenig „Ave Maria", deshalb sei die Speise so fad. Oft schmeckte das Mus jedoch mit Wasser und Salz versetzt so gut, wie mit Fleisch und Wurzeln gekocht. Manche Gäste und Bettler, die sich nicht hinreichend umsorgt fühlten oder die Zuwendungen, die sie von den Nonnen im Namen Gottes erhielten, nicht zu würdigen wussten, verließen das Kloster wieder und liefen davon. Es fügte sich aber, dass einige bald wieder zurückkehrten, denn sie erkannten, dass Armut und Hunger in der Gemeinschaft von Menschen, mit denen Gott ist, leichter zu ertragen sind als allein auf sich gestellt in der Welt.

Es war Weihnachten. Um Mitternacht hatten die Nonnen in der ungeheizten kleinen Kirche die Ankunft des Krippenkindes gefeiert. Seit Franziskus die Nachbildung des Stalles von Betlehem mit den Figuren von Maria und Josef sowie der Hirten und Engel in Umlauf gebracht hatte, eiferten ihm viele Klöster nach. Die Dorfleute, vor allem die Kinder, kamen auch nach Wittichen, um die Krippe zu bestaunen. Natürlich entließen die Schwestern sie nicht ohne eine Stärkung in den kalten Wintertag. Doch es war aus Not weniger Brot als sonst gebacken worden und das Wenige war schon beinahe aufgegessen. Die Küchenschwester Philippa klagte, sie wisse nicht, wie sie die Gemeinschaft über die Festtage stärken solle, und auch die Schaffnerin, die für die Verwaltung der wenigen Güter zuständig war, verwies auf leere Kisten und Keller.

„Ich werde zum Pfarrer von Schiltach gehen, der ein guter Freund von mir und uns wohlgesonnen ist, und ihn um Hilfe bitten", entschloss sich die Oberin. Gerlind begleitete sie.

Der Pfarrer freute sich, Luitgard zu sehen. Er hatte ihre Berufung und den Bau des Klosters aus der Ferne mit seinen Gebeten begleitet, ohne die Entwicklung beeinträchtigen zu wollen, denn das hier war Gottes und nicht der Menschen Werk.

Schiltach war schon im 11. Jahrhundert als Pfarrei für die umliegenden Höfe entstanden. Der Ort wurde nach dem gleichnamigen Fluss benannt. Die Herzöge von Teck gründeten die Stadt um 1275 zur Sicherung ihres Territoriums, umgaben sie mit einer Mauer und versahen sie mit befestigten Toren. Darüber erhob sich die Burg Schiltach zu ihrer Verteidigung. Die Kirche lag außerhalb, im „Vorstädtle". Schiltach war an einem wichtigen Verkehrspunkt entstanden. Wenige Jahre nach Luitgards Tod fiel die Stadt an die

Herzöge von Urslingen, und Urslingen veräußerte Burg und Stadt 1381 an die Grafen von Württemberg.
Der Priester hörte sich Luitgards Rede an. Sie klagte nicht, sie klagte ja nie, sondern sie schilderte unumwunden die Notlage, in der sich ihre Gründung befand. Der befreundete Geistliche war selbst nicht mit Gütern gesegnet, aber er erbarmte sich der Frau und schenkte ihr einen Malter Gerste. „Du kannst gern wiederkommen, Luitgard, wenn dir die Not zum Schornstein hinaussteigt", gab er ihr lächelnd mit auf den Weg. Die Oberin und Gerlind bedankten sich überschwänglich.
Am Johannestag, dem 27. Dezember, malte man die Gerste und backte Brot davon. Der Hunger ließ sich mit dieser Gabe für eine kurze Zeit vertreiben, doch er war hartnäckig wie eine Wespe am Honigtopf. Es gab aber auch Menschen, die nicht nur empfangen, sondern auch geben wollten. Sie brachten den Schwestern in Stunden höchster Not von der Speise, die sie entbehren konnten, und gingen reicher beschenkt nach Hause, als sie gekommen waren. Denn die Segenswünsche und Gebete der Nonnen begleiteten sie zurück in ihre Dörfer.
An einem kalten Januartag bestieg Luitgard einen Berg oberhalb des Klosters. Eigentlich wollte sie mit Gerlind wieder zu einer ihrer Betteltouren aufbrechen, doch jetzt zögerte sie. Sie befand sich in einer gedrückten Stimmung, zu viele offene Fragen warteten auf Klärung und sie allein konnte die Verantwortung nicht übernehmen.
Von oben sah ihre Gründung klein und unscheinbar aus, eine Siedlung, umgeben von mächtigen Bäumen in einem dunklen und stellenweise düsteren Wald. An manchen Stellen stieg Rauch über den Wipfeln empor, ein Zeichen, dass

die Kohlenmeiler brannten. Der Holzschlag ruhte zurzeit, denn die Flüsse, die die behauenen Stämme talwärts leiteten, trugen stellenweise eine Eisschicht oder gebärdeten sich zu wild. Die Kleine Kinzig, auch Reinerzau genannt, liebte Luitgard besonders, denn sie floss nicht weit von ihrem Elternhaus im Vortal vorbei. Wie oft hatte sie an ihrem Ufer gespielt, wenn die wildschäumenden Schmelzwasser abgeklungen waren und die Ufer sich mit dem Gelb der Butterblumen und mit duftenden fetten Gräsern schmückten. Mit den Buben und Mädchen ihres Alters hatte sie kleine Staudämme errichtet, indem sie Steine auf- und nebeneinander schichtete und sie mit Sand und Kies abdichtete. Dann war das Wasser bis zum Rand des künstlichen Beckens gestiegen. Im Sommer konnte man die Füße bis zum Knie hineinstecken. Schwimmen vermochte damals noch niemand. Dafür sah man dem Treiben der Enten zu, dem aufgeregten Geschnatter der Erpel, die ihren Harem behüteten. Wenn man nicht redete oder im Wasser herumplanschte, sah man unter den Steinen in Ufernähe oder mitten im Fluss blitzschnelle Forellen, die pfeilartig durchs Wasser schossen. Es gab Kinder, die sie mit der Hand fangen konnten. Allein zugreifen war nicht genug. Man musste den Einfall des Lichtes in das Wasser berechnen oder einschätzen können. Luitgard vermochte es nicht.

Die Welt war schön, daran bestand kein Zweifel. Von der Spitze des Berges aus überschaute Luitgard das Umland. Inzwischen gab es vereinzelt Gruben, in denen Erz abgebaut wurde, das kostbare Silber, das ins Kloster nie Eingang fand. Die Berge hüteten wertvolles Gestein, das sich in Jahrmillionen entwickelt und herauskristallisiert und seinen Ursprung wohl in vulkanischen Eruptionen hatte. Was

bei der menschlichen Gestalt das Knochengerüst ist, das ist bei der Gestalt einer Landschaft die Gesteinsart. Der Schwarzwald hatte viele Gesteinssorten aufzuweisen. Gerade an der Mündung des Witticher Klosterbaches in die Kleine Kinzig waren die geologischen Zusammensetzungen besonders auffällig. Luitgard verstand zu wenig von Granit und Gneis, von Quarz, Feldspat und Glimmer, die unter dem Humus ruhten und das Geheimnis um die Entstehungsgeschichte der Erde ein wenig hätten lüften können. Es gab keinen Zeitraum in der Erdgeschichte, dessen Ereignisse nicht als irgendeine charakteristische Linie im Antlitz der Erde wiederzuerkennen wären.
Aber auch Glas entstand hier, das bekannte Waldglas, das in Waldglashütten hergestellt wurde. Als Glasbildner wurde geeigneter Sand benutzt, den man möglichst in Nähe der Hütte abbauen konnte. Meist handelte es sich um in Bachbetten angeschwemmten, verwitterten Sandstein. Als Schmelzmittel verwendete man aus Pflanzenasche gewonnene Pottasche. Eiche, Buche und Fichte waren geeignete Pottascheträger, aber auch Farnkraut, Melasse oder Wollschweiß waren gebräuchlich. Die Schmelze geschah in zwei Schritten. Zuerst mischte der Schmelzer die Rohstoffe – zwei Gewichtsteile Asche, ein Teil Quarzsand – zum Gemenge. Dann wurde das Gemenge im Fritteofen bei etwa 750 Grad in einem Tag und einer Nacht zur Fritte gekocht. Sobald sie heiß wird, muss man die Fritte rühren, damit sie nicht in der Hitze des Feuers schmelzflüssig wird und zusammenbackt. Dieses Asche-Sand-Gemisch wird dann als neues Gemenge im Schmelzofen in fünf Stufen zum Glas erschmolzen.
Luitgard hatte die Herstellung des Waldglases vor vielen Jahren einmal miterlebt und war fasziniert gewesen. Sie

wusste, dass ein Haupterzeugnis der Waldglashütten die Butzenscheiben war. Das waren kleine runde Glasscheiben von zehn bis fünfzehn Zentimeter Durchmesser, in der Mitte dicker als am Rande. In jüngster Zeit kamen auch sogenannte Nuppenbecher in Mode. Diese Form stammte aus dem Orient und kam wahrscheinlich über Venedig in nördliche Breiten. Nuppengläser waren runde Becher mit gerader Wandung und leicht ausladendem Lippenrand. Sie waren mit vielen kleinen, auf die Wandung aufgesetzten Glasnuppen verziert.

Der Gebrauch von Glas nahm in letzter Zeit immer mehr zu. Verglaste Fenster stellten aber weiterhin einen hohen Luxus dar, den das Witticher Kloster noch nicht besaß. Trinkgläser aus Glas konnten sich nur die Adeligen oder die reichen Stadtbürger leisten. Klosterhütten beschränkten sich auf die Herstellung von farbigem Flachglas für Kirchenfenster.

Es gab jedoch auch Wanderhütten. Als der Orienthandel im frühen Mittelalter zusammengebrochen war, musste das Natron von der Levanteküste und aus Ägypten durch örtlich hergestellte Pottasche ersetzt werden. Da der Holzbedarf hoch war, wurden diese Glashütten in den Wäldern angesiedelt, unter anderem auch im siedlungsärmeren Schwarzwald. Für die Herstellung von einem Kilogramm Glas wurde damals etwa ein Raummeter Holz benötigt. Der Holzbedarf einer einzigen Glashütte zur Herstellung von Pottasche und zum Heizen der Glasöfen betrug im Jahr zwischen 2000 und 3000 Festmeter Holz. Kein Wunder, dass die Kundschafter Luitgards auf der Suche nach geeignetem Bauholz für ihr Kloster auf brache Waldflächen gestoßen waren.

All diese Dinge gingen Luitgard durch den Kopf, als sie von der Höhe auf ihr Kloster und die weiten, noch von Schnee bedeckten Berghänge blickte. Ja, Gottes Schöpfung war schön, wenn Menschen sie nur mit wachen Augen wahrnahmen.
Selten war es der Oberin beschieden, einmal eine Stunde für sich zu sein. Immer forderte das Kloster ihre Anwesenheit, war ihre Entscheidung gefragt. Die Mitschwestern verließen sich auf sie, trauten sich oftmals nicht, eine nötige Maßnahme zu ergreifen, durchzuführen und zu verantworten. Hier oben war der Blick frei, so frei, dass ihr Gedanken und Verse in den Sinn kamen, die sie unbedingt niederschreiben musste. Wie lange schon hatte sie Gott nicht mit eigenen Worten gelobt! Luitgard und Gerlind traten an diesem Tag keine Bettelreise mehr an. Später, als sie vom Berg herabgestiegen waren, sagte die Oberin zu einer Schwester: „Ich habe ein Lied gedichtet. Ich werde es aufschreiben, aber noch eine Weile für mich behalten." Es war schon im Monat Mai, als sie sich endlich traute, dieses Lied bekannt zu machen.

„Ich lob des Vaters Uranfang.
Sein Sohn für uns den Tod bezwang,
auf dass durch Heil'gen Geistes Rat
ein Kloster in der Wüst aufgaht.

Nun bitten wir die göttlich Kraft,
dass Gottes Ehr den Sieg verschafft.
Dir ewiglich zu Eigen sein
befehlen wir dem Namen Dein.

Die Königin, die Gott gebar,
nimmt unser aller treulich wahr,
einsetzt sie und entsetztes wieder;
ohn' sie ließ keines sich hier nieder.

Sie bäte denn ihr Kindelein
und spräch: „Es soll dein Eigen sein!"
So bitten wir die Königin,
dass wir der Pfründe würdig sin.

Die Engel schreiben alles an,
was man im Kloster müsse han.
Und liegt des Klosters Geld auch weit,
sie bringen's an zur rechten Zeit.

Nun haltet euer Herze frei,
damit's der Engel Wohnung sei.
Weil St. Kathrin ließ locker nicht,
sei sonder Andacht eure Pflicht.

Wie fröhlich ging sie in den Streit,
darob sie mahnt uns alle Zeit.
Sie spricht: „Wollt ihr bestehn,
lasst eignen Willen untergehn!"

Drum hütet euch vor Eigenheit,
wollt siegreich ihr besteh'n den Streit.
Zwölfboten, Jungfraun, Martyrer
blieb eigner Wille nimmermehr.

Sie hatten sich auf Erd ergeben;
Den Lohn gibt Gott, das ewig Leben.
Treibt euern eignen Willen aus,
wollt ihr ins Allerheil'gen-Haus.

Nehmt guter Leute Kindersegen,
ihrer Seelen wohl zu pflegen,
zu lernen gute Zucht und Sitten,
selig zu wohnen dort inmitten.

Der Heilig Geist Schulmeister ist,
der lehrt den Weg zu Jesus Christ.
Barmherzig ist er allezeit,
wenn man aus Reue zu ihm schreit.

So also tut, wollt ihr genesen,
dass ihr möget selig wesen!

Dazu verhelfe uns die Heilige Dreifaltigkeit, die Fürbitte der gebenedeiten Jungfrau Maria und aller Heiligen Gottes. Amen."

Das Kloster musste leben. Allein Gebete zu verrichten, war nicht genug. Zwar nahm der Gottesdienst eine bevorzugte Stelle im Tagesablauf ein, auch die Meditation, die Betrachtung und das Fasten waren wichtig, doch auch Nahrung musste beschafft werden. Im Herbst hielten die Schwestern nach Esskastanien Ausschau, denn es gab in den Wäldern genügend Bäume mit dieser nahrhaften Frucht. Bertrane und Philippa, die Küchenschwestern, schnitten die Kastanien ein, setzten sie mit Wasser bedeckt auf das Feuer, gaben ein wenig Salz hinzu und ließen sie zehn Minuten kochen. Dann gossen sie das Wasser ab und schälten die Früchte, wobei sie auch das braune Häutchen abzogen. Anschließend kochten sie die Kastanien etwa vierzig Minuten weich, drückten sie durch ein Sieb, setzten etwas Honig oder Zucker hinzu und kochten den Kastanienbrei in einem Topf Milch zu einem dicken Mus. Wenn die Masse abgekühlt war, fügten sie ihr bis zu fünf Eigelb hinzu. Dann strichen sie den Brei in eine eingefettete irdene Schüssel und setzten sie noch für ein gutes halbes Stündchen auf den Herd.

„Lasst nichts anbrennen", mahnte Luitgard, als sie die geröteten Gesichter ihrer Mitschwestern sah. Die schüttelten nur lachend den Kopf.

Ein anderes beliebtes Gericht war die Sauerampfersuppe. Sauerampfer stand auf den Bergwiesen zuhauf. Die Schwestern hackten die frischen Blätter klein und dünsteten sie mit einer gehackten Zwiebel in Butter an. Dann rührten sie Dinkelmehl unter und verarbeiteten die Mischung zu einer goldgelben Schwitze. Darauf gossen sie nach und nach reichlich Fleischbrühe hinzu und kochten alles etwa eine Viertelstunde bei geringer Hitze.

„Ich könnte bei den Herren von Schenkenzell putzen gehen", schlug Schwester Irmengard vor. „Dafür werde ich sicher ein paar Heller und an Festtagen einen Ochsenschinken bekommen."

„Die Herren von Schenkenzell haben ihre eigenen Leute", erwiderte Luitgard, „und ich halte es auch nicht für schicklich, dass eine Schwester unseres Klosters die Gemeinschaft verlässt.

Schwester Odilia, die aus Alpirsbach stammte, hatte einmal

einen Blick in das *Scriptorium* der Mönche werfen dürfen. Die herrliche Kunst des Schreibens hatte sie beeindruckt. Wie Buchstabe um Buchstabe auf dem Pergament entstanden, ausgeschmückt mit Farben verschiedenster Art, hatte sie fasziniert. Die Initialen am Anfang des jeweiligen Textes wiesen besonders schöne Gestaltungsmerkmale auf. Spiralen, Blumen, Knoten, Bandverschlingungen, Ornamente unterschiedlichster Art umkreisten und umschmeichelten den ersten Buchstaben wie ein Mann die geliebte Frau. Alles schien aufeinander abgestimmt. Eine wunderbare Harmonie ging von der Gestaltung eines solchen Pergamentblattes aus. Meist waren es Auszüge aus der Heiligen Schrift oder Teile eines Psalters, die die Mönche mit unendlicher Geduld und Hingabe in ihren Schreibstuben niederschrieben, unterbrochen nur von den regelmäßigen Gebetszeiten.
Schwester Odilia fühlte sich von Natur begabt und durch Beispiel ermuntert genug, um die Schreibkunst auch in Wittichen zu versuchen, obgleich sie keine Anleitung dazu gehabt hatte. Doch sie brauchte den nötigen Schreibbedarf, Feder, Farben, Papier.
„Wir können es ja versuchen“, sagte die Oberin, die das Maltalent ihrer Mitschwester kannte. „Leider nehmen die Mönche in Alpirsbach keine weiblichen Lehrlinge auf, sonst könntest du die Mal- und Schreibkunst dort vervollständigen.“
Sie dachte an Pater Ansgarus, der ihr den Weg ins Oberwolfacher Kloster erleichtert hatte und der ihr sicher manchen guten Ratschlag geben würde, doch der Mönch lebte nicht mehr. Schwester Odila machte dem Haus später alle Ehre. Auch wenn sie die Vollkommenheit des Scriptoriums nicht

erreichte, so verließ doch manches kleine Kunstwerk das Wittichener Kloster und trug durch den Verkauf zum Lebensunterhalt des Konventes bei.
Schwester Jutta verstand sich aufs Kerzenziehen. Wachs lieferten die wilden Bienen, die in den Höhlen am Hang hinter dem Kloster ihre Waben umschwärmten. Jutta hatte einmal von einem irischen Mönch namens Modomnoc und seiner Liebe zu den Bienen gehört. Modomnoc studierte in den Klosterschulen von Bangor, Clonard, Clonfert und Clomacnoise und setzte seine Ausbildung in Wales fort. Damals war es üblich, dass die Schüler neben ihren Studien auch praktische Arbeit leisteten, und so übernahm Modomnoc die Bienenvölker des Klosters. Er widmete sich ihnen mit besonderer Sorgfalt, indem er ausgesuchte Blumen pflanzte, die die Bienen besonders liebten, ihnen Körbe baute, in denen sie sich einnisten konnten. Der Mönch muss die Bienen wohl so liebevoll umsorgt haben, dass sie ihm mit reichlich Honig dankten. Doch nach Beendigung seiner Studien in Wales musste Modomnoc nach Irland zurück. Er verabschiedete sich von seinen Schützlingen und bestieg das Schiff. Als es schon weit auf dem Meere war, schwirrte eine dunkle Wolke am Himmel heran – Modomnocs Bienen. Mit Mühe bewegte er die Schiffsmannschaft umzukehren. Am nächsten Tag startete Modomnoc wieder zur Heimfahrt, und wieder erschienen seine Bienen, die sich nicht von ihm trennen wollten. Diesmal musste er alle Redekunst aufwenden, um die Bootsmannschaft zur Rückkehr nach Wales zu bewegen. Er schimpfte mit den Bienen, dass sie ihm keinen Gefallen täten, wenn sie ihn an der Reise in sein Heimatkloster hinderten. Modomnoc beschloss nun, den Tag der abermali-

gen Fahrt nach Irland geheim zu halten. Doch die Bienen waren schlauer als er. Sie spürten, wann die neu geplante Schiffsfahrt bevorstand, und kamen erneut angeschwirrt. Modomnoc hatte vom Abt die Erlaubnis erhalten, die Bienen zu behalten, wenn sie sich nochmals einfänden, und so reisten sie gemeinsam nach Irland. Der Bienenfreund legte für seine Schützlinge einen großen Garten an, in dem die Bienen sich bald wohl fühlten und ihm mit reichlich Honig dankten. In Bremore in der Grafschaft Dublin gab es später einen Ort, der übersetzt „die Kirche des Bienenzüchters" hieß.

Die Kerzen Schwester Juttas dienten nicht nur dem Eigenbedarf im Gotteshaus und in den Werkstätten, sondern wurden auch in den Kirchen und Kapellen des Umlandes verwendet. Ja, selbst die herrschaftlichen Häuser bestellten Lichter für ihre Leuchter.

Nicht erst Hildegard von Bingen, jene großartige Klosterfrau, von der noch alle Welt sprach, auch wenn sie vor bald schon einhundertundfünfzig Jahren verstorben war, hatte die Bedeutung der Pflanzenwelt für die Gesundheit des Menschen entdeckt, auch wenn sie deren Wirkung näher beschrieb und ihre Verabreichung als Tinkturen, Extrakte, Presssaft und Tropfen verfeinerte. Klostermedizin gab es schon im 5. Jahrhundert, und diese Wissenschaft war aus dem fernen Georgien in Form von „Arzneien zur Heilung von Gebrechen" über die Klöster nach Westen gelangt. In den Chandsti-Kartäuserklöstern Ischchani und Schatberdi war ein anatomisch-physiologisches Werk mit dem Titel „Erschaffung des Menschen" entstanden, das eine wertvolle Dokumentation altgeorgischer klostermedizinischer Praxis und Denkweise darstellte. In dreißig Kapiteln behandelten die Autoren Fragen zur Entstehung des Menschen, dessen Beziehung zur Umwelt, den Bau seines Organismus, den Zusammenhang von Körper, Seele und Geist. Die Verfasser stellten alles zusammen, was sie über den Bau und die Leistung der Organe wussten. Wie funktionieren und was bedeuten der Kopf, das Herz, die Leber, die Sinnesorgane, der Bauch, die Muskeln, die Knorpel, die Gefäße, der Darm für einen gesunden Leib? Wie beseitigt man anfallende Mängel und Krankheiten? Dass gegen jeden Missklang im Körper ein Kraut gewachsen ist, wussten auch spätere Klostergenerationen, die die Behandlungsformen verfeinerten und neue Erkenntnisse einbrachten.

Die Schwestern Clementia und Diemut hatten mit Erlaubnis der Oberin einen kleinen Klostergarten in Wittichen angelegt, ein Stück Arbeit, dass ihnen manchen Schweißtropfen abverlangte, denn der Boden war hart und auch nicht sonderlich fruchtbar. Aber mit viel Mühe und mehr Begeisterung gelang ihnen der Anbau von Liebstöckel und Melisse, Rosmarin und Salbei und mit der Zeit noch anderer Pflanzenarten wie Raute, Lattich und Sauerampfer.

Luitgard lobte die beiden Nonnen, als sich die ersten Triebe an den Pflanzen zeigten und allmählich aufzublühen begannen. „Seht, der Segen Gottes liegt auf diesem Stückchen Erde. Sorgt nur dafür, dass es nicht nur uns, sondern auch den Menschen in den Häusern ringsum zum Heile dient."

Der Geistliche Cassiodor hatte im 6. Jahrhundert im italienischen Kloster Vivarium eine Bibliothek mit dem Ziel angelegt, das geistige Erbe der Antike zu wahren. Seine Mönchsakademie diente nicht zuletzt auch dem Ziel, die Erkenntnisse und Anwendungen der Klostermedizin weiterzutragen. St. Benedikt behandelte die Pflege der Kranken in seiner Ordensregel vorrangig, sah er in ihr doch die christliche Nächstenliebe als von Christus übertragene Lebensaufgabe verwirklicht. Und hatte nicht Karl der Große im Rahmen seiner weitgreifenden Klosterreform der Medizin – der Physica – einen ranghohen Platz im Lehrplan der „Artes liberales“, der „Sieben Freien Künste“, zugewiesen?

Einer der Klostermönche, von deren Erkenntnissen die Nonnen in Wittichen schöpfen konnten, war ihr Landsmann Walahfrid Strabo vom Bodensee, ein Schüler der Klosterschule Fulda, wo Rabanus Maurus sein Lehrer war. Ludwig der Fromme machte ihn 839 zum Abt des Klosters Reichenau. Im Alter von 40 Jahren ertrank der Benediktiner in der Loire, doch hinterließ er ein großes literarisches Werk, darunter auch ein Buch über die Pflege von Gärten – „Liber de cultura hortorum“, auch als „Hortulus“ bekannt, in dem 23 Heilpflanzen aufgeführt sind: Salbei, Raute, Andorn, Fenchel, Gladiole, Liebstöckel, Kerbel, Lilie, Mohn, Minze, Eberraute, Flaschenkürbis, Wermut, Sellerie, Schafgarbe, Rettich, Rose und viele mehr. Wie man diese Heilkräuter am besten anwandte, beschrieb der Dichter Odo um 1060. Für den Hausgebrauch der Klöster entstanden Kurzfassungen oder spezielle Kapitel aus den antiken medizinischen Büchern, wie sie etwa in Odos Werk „Macer floridus“ enthalten sind.

Inzwischen wussten Clementia und Diemut, was gegen Herz-, Brust-, Nieren-, Hals-, Zahn- und Augenleiden zu verordnen war, und sie wandten ihre Heilkunst nicht nur bei den Mitschwestern, sondern auch bei der Bevölkerung der Dörfer und Weiler an, wenn sich die Menschen mit

ihren Leiden im Kloster einfanden. Schwester Imgada ging sogar in die Häuser zu den schwachen und bettlägerigen Patienten, um sie zu pflegen.
Einige Rezepte aus dem Klosterapotheke wurden besonders häufig bei Halsschmerzen und Husten angewandt: „Bei trockenem Husten Salbei mit Wein gekocht in einem irdenen Gefäß und mit warmem Wein morgens und abends trinken. Eberraute mit Wasser abgekocht oder Lattichsamen oder Andornsamen mit Wasser gekocht einnehmen. Oder ein fein zerriebenes Bohnenkraut oder Ysop oder Poleiminze mit Honig gekocht einnehmen. Oder Beifuss mit Wein gekocht einnehmen. Oder Katzenminzensaft mit Wein getrunken. Bei schwerem Husten: Andorn in Wasser gekocht und getrunken. Oder Süßdolde – Mirra – während des Fastens unter der Zunge halten …"
„Ich danke dir, Herr, dass du mir so begabte Schwestern in dein Kloster geschickt hast", betete Luitgard manchmal abends in der *Komplet*, dem kirchlichen Nachtgebet, und in Gedanken segnete sie alle ihre Nonnen, die dieses Haus Gottes mit Liebe füllten. Sie erinnerte sich eines Wortes der großen Hildegard von Bingen, die einmal über die Liebe gesagt hatte: „Ich bin die Luft, die alles Grüne nährt und Blüten sprießen lässt, mit reifen Früchten, denn ich bin belehrt vom Hauch Gottes. Ich breite meinen Mantel über den Tag und die Nacht. Alles, was Gottes ist, ist auch mein. Wo der Sohn Gottes die Sünden der Menschen mit seinem Gewand tilgte, da verbinde ich die Wunden mit sanftem Linnen."

Drei Jahre nach dem Einzug der Klostergemeinschaft in die Witticher Gründung starb einer der bekanntesten Mystiker jener Zeit, der als Meister Eckhart bekannte Eckhart von Hochheim. Er war um 1260 in der Nähe von Gotha geboren worden und galt als einer der bedeutendsten Theologen und Philosophen des Mittelalters. Er war der Sohn des Ritters Eckhardus, der in Diensten des thüringischen *Ministerialen* von Wangenheim stand. Um 1275 trat er in Erfurt in den Orden der Predigerbrüder ein und erhielt dort eine fundierte Ausbildung durch das Studium der Künste, der Naturphilosophie und der Theologie, die er mit der Priesterweihe abschloss. Vielleicht verbrachte er mehrere Jahre in Köln und hat Albertus Magnus kennengelernt, der 1280 starb.

Zehn Jahre später immatrikulierte er sich an der Pariser Universität und war um 1293/1294 als Lektor tätig. 1294 berief man Eckhart von Hochheim als Prior an das Dominikanerkloster Erfurt und ernannte ihn zum Vikar der Ordensnation Thuringia, die sieben Männerkonvente umfasste. 1302 promovierte er in Paris zum Magister sacrae Theologiae. Ein Jahr später fand in Erfurt erstmals ein Provinzkapitel statt, auf dem Meister Eckhart zum Provinzial der neuen Ordensprovinz Saxonia gewählt wurde. Damals gehörten 47 Männer- und neun Frauenklöster zur Provinz – drei Männerklöster kamen bis zum Ende seines Provinzialats hinzu. Sein wissenschaftliches Werk nahm in dieser Zeit erste Formen an durch den Plan zu seinem „Opus tripartitum“, einem dreiteiligen Werk. Er schrieb einen Genesis- und Exodus-Kommentar, einen Kommentar zur Sapientia – zum Buch der Weisheit – und beschäftigte sich mit Jesus Sirach.

Das Generalkapitel in Straßburg wählte Meister Eckhart Pfingsten 1307 zum Generalvikar der böhmischen Provinz.

1310 kam von Papst Klemens V. die Erlaubnis zur Gründung der Dominikanerniederlassungen Braunschweig, Dortmund und Groningen. Zum Provinzial der Teutonia gewählt, bestätigte der Ordensgeneral diese Wahl Meister Eckharts nicht. Das Generalkapitel in Neapel entband ihn 1311 auch von seinem Amt als Provinzial der Saxonia und entsandte ihn wieder an die Universität Paris. Dort besetzte er einen der beiden Lehrstühle für Nichtfranzosen. Nur Thomas von Aquin war vor ihm diese Auszeichnung zuteilgeworden. Meister Eckhart war ein fleißiger theologischer Schriftsteller. Zehn Jahre hielt er sich in Straßburg auf, allerdings vor der Zeit von Luitgards Besuch.

Als Luitgard ihre Bettelreise an den Oberrhein antrat, befand sich der Mystiker in einer kritischen Lage. Im Jahr 1325, als Luitgard mit ihren Nonnen ins Tal von Wittichen übersiedelte, klagten ihn Ordensbrüder beim Kölner Erzbischof Heinrich II. von Virneburg wegen angeblicher häretischer Glaubensaussagen an. Daraufhin wurde ein Inquisitionsprozess gegen den Theologen eröffnet. Im Herbst 1326 kam es zu mehreren Untersuchungsverhandlungen. Meister Eckhart verteidigte sich durch schriftliche Aussagen, darunter das sogenannte Dokument „processus coloniensis“. Er bestritt die Kompetenz des Gerichtes und wandte sich an den Heiligen Stuhl. Doch dieser Einwand nützte ihm nichts. Im Februar 1327 ließ Meister Eckhart im Anschluss an eine in der Dominikanerkirche Köln gehaltene Predigt durch seinen Sekretär, Konrad von Halberstadt, eine schriftliche Erklärung verlesen, in der er mögliche ausgesprochene oder schriftlich niedergelegte Glaubensirrtümer widerrief. Darauf begab er sich nach Avignon, wo der Papst residierte, und stellte sich einer päpstlichen Theologenkommission, die ein Gutachten über seine Aussagen erstellte. Die zu erwartende Verurteilung oder Demütigung hat Eckhart von Hochheim nicht verschmerzt. Er starb zwischenzeitlich, ob im Dominikanerkloster in Avignon, auf der Heimreise oder in Köln ist ungewiss. Johannes XXII. teilte dem Erzbischof von Köln im April 1328 mit, dass Eckhart das Zeitliche gesegnet habe, der Prozess gegen ihn aber fortgesetzt werde. Durch die Bulle „In agro dominico“ wurden 17 Thesen des Mystikers als häretisch verurteilt, die übrigen elf kritisiert.

Meister Eckhart hinterließ viele Predigten, Abhandlungen, Reden und Fragmente. Immer wieder hat er über Gott und das Gottesbild nachgedacht, es in Kontext gestellt zu den theologischen Überlegungen seiner Zeit, hat versucht, Gott zu „definieren“, sein Sein und Wesen und sein Verhältnis zur Schöpfung, zu den Menschen zu entschlüsseln. Dabei spielte auch die Erlösungslehre eine bedeutende Rolle.

Am Ende aber blieben alle Überlegungen nur Spekulation. Eine einfache Ordensfrau, reich an den Gaben des Gemütes und des Herzens, wusste, dass Gottes größter Wesenszug die Liebe war. Und so versuchte Luitgard ihm nahe zu sein, im Gebet, im täglichen Leben, in der Liebe zu den Mitmenschen, die sie immer wieder aufsuchten, um ihren Segen zu empfangen.

Es gab Ordensfrauen anderer Klöster, die von Luitgards Wirken hörten und gern von ihr gelernt hätten. Einmal hörte eine heiligmäßige Schwester von ihr reden. Sie wohnte als Klausnerin abseits der übrigen Gemeinschaft und hätte gern mehr über das Witticher Klosterleben gewusst. Deshalb bat sie Gott, ihr doch zu offenbaren, wie Luitgard lebte und was sie tat. Und auch Luitgard erhielt Kunde von der Klausnerin und wünschte mehr über sie zu erfahren in der Hoffnung, noch andere, unbekannte Wege zu Gott zu finden. Gott zeigte beiden in einer Vision, was die andere Gutes tat, ohne dass sie es jedoch erfuhren. Als die Klausnerin sah, welches Stadium der Heiligkeit Luitgard erreicht hatte, wurde sie traurig, weil sie sich auf dieser Stufe der Vollkommenheit noch nicht befand. Sie fürchtete, Gott könne sie weniger lieb haben als die andere Schwester, die ihm doch schon viel näher war. Fortan unternahm sie große Anstrengungen, indem sie sich noch mehr demütigte und ihren Willen ganz in die Hand Gottes legte, um den Grad der Vollkommenheit zu erreichen, den nach ihrer Meinung Luitgard bereits besaß. So lebte sie bis zu ihrem Tod. Beide aber ließ Gott in der letzten Stunde wissen, was die eine Ordensfrau von der anderen gesehen hatte.

Die Arbeit der Nonnen in den Werkräumen reichte nicht aus, um die Bauschulden des Klosters zu tilgen, und Luitgard war genötigt, weiterhin um Almosen in die Welt hinauszugehen. Das Bettelleben auf der Straße war nicht leicht. Viel lieber hätte Luitgard dem Herrn im Kloster gedient, inmitten ihrer Gemeinschaft, die sie brauchte, der sie täglich Ansporn war, das armselige Leben in Geduld und aus Liebe zu Gott zu ertragen. Doch wovon sollte der Bau bezahlt werden, wovon sollten die Handwerker ihren Lohn erhalten und wovon sollte der Konvent leben? Inmitten der Abgeschiedenheit des Wittichener Tales gab es keine Erwerbsmöglichkeiten, auch keine reichen Bauern, deren Spenden eine willkommene Bereicherung des Mittagstisches gewesen wären. Die Waldarbeiter, die den Flößern auf der Kinzig das Holz lieferten, waren so arm, dass sie gerade ihre eigenen Familien ernähren konnten, und die Glasbläser in den Waldhütten und die Silberschürfer in den Stollen fristeten ein armseliges Dasein, weil sich auch in der Nachbarschaft Glasbläser niederließen und Bergwerke entstanden, die den Alteingesessenen die Arbeit wegnahmen. Manche Schwestern halfen den Bauersleuten bei der Heuernte im Kaltbrunner Tal, andere dem Müller vom Vortal, um ein paar Heller oder Eier und Getreide zu bekommen. Doch von dem Erlös war eine Kommunität von gelegentlich bis zu sechzig oder siebzig Schwestern nicht satt zu bekommen.

Was ihre Mitschwestern am wenigsten verstehen konnten, war, dass sich Luitgard gleichsam nach der Armut sehnte. Die Armut gehörte zu den drei Dingen, um die sie Gott gebeten hatte. Neben ihr war es unnötiges Wissen, das sie vom Wesentlichen ablenken konnte, und „Siechtum“. Siechtum erschien allen menschlichen Wünschen so zuwider, dass die Nonnen jetzt am Verstand ihrer Oberin zu zweifeln begannen, obgleich sie ihnen sonst immer ein Vorbild in allen Lagen des Lebens war.

„Wie kannst du dir wünschen, krank zu sein, liebe Mutter?“, entrüstete sich Schwester Fidelis. „Ist es nicht eine Sünde gegen den Heiligen Geist, wenn man dem Körper, der doch gleichsam seine Wohnung ist, Böses wünscht?“

„Krankheit ist nichts Böses, liebes Kind“, entgegnete Luitgard, „sondern eine Antwort des Leibes auf den Zustand und die Empfindungen der Seele. Wenn ich mir Siechtum wünsche, so deshalb, damit es ein Zeichen dafür ist, dass ich meine Seele noch mehr achte, stärke und ausrichte auf Gott.“

Doch das war Fidelis eine rätselhafte Antwort. In der Tat litt Mutter Luitgard viele Jahre an einer Gebärmutterentzündung, die sie aber nicht von ihren Bettelgängen abhielt, und wenn sie krank wurde, so hatte sie Fieber, aber sonst keine bemerkbaren Beschwerden. Es war den Schwestern auch unverständlich, dass ihre Oberin immer die Nähe der Menschen suchte, durch die sie am meisten beleidigt oder beim Betteln abgewiesen worden war. Je schlimmer die Leute sich gebärdeten, sie beschimpfen und zum Fortgehen nötigten, umso sanfter wurde ihre Stimme. Manchmal wohnte sie sogar in den Häusern ihrer übelsten Missetäter. Dort schlief sie auf der Erde. Kaum, dass man ihr ein wenig Stroh unterschob. Im Gegenteil, man traktierte sie weiterhin mit Worten, sodass sie vor Angst oft nicht schlafen konnte.

8

LEICHTSINN ODER GOTTVERTRAUEN?

Einmal mussten Luitgard und ihre Begleiterin einige Tage durch einen dunklen Wald gehen, in dem Räuberbanden hausten. Sie wussten, dass die Räuber nicht viel Federlesens machten, die Reisenden ausraubten und oft auch erschlugen. Gerlind hatte Angst und wollte ihre Oberin von dem gefährlichen Wegstück fernhalten. Doch Luitgard tröstete sie mit dem Hinweis, dass Gott sie beschützen werde. Während der Reise sahen sie eines Tages bei Einbruch der Dunkelheit ein fernes Licht im Wald. In der Hoffnung, auf eine Köhlerhütte zu stoßen, wo sie vielleicht die Nacht verbringen konnten, gingen sie auf das Feuer zu. Doch beim Näherkommen entdeckten sie mehrere finstere Gestalten. Sie trugen Messer in ihren Gürteln und waren gerade dabei, ein Wildschwein auszunehmen. Gerlind rannte in wilder Panik ein paar Schritte zurück. Dabei achtete sie nicht auf das Unterholz, das unter ihren Sandalen knackte und brach. Sogleich wurde die Räuberbande auf die Frauen aufmerksam. Doch statt mit ihrer Begleiterin das Weite zu suchen, begann Luitgard zu singen.

„Mutter, lass das Singen!“, flehte Gerlind. „Vielleicht können wir den Männern entkommen, wenn wir uns hier verstecken. Es wird bald stockfinster sein.“
Doch Luitgard sang unbekümmert weiter.
„Bitte, schweig doch, Mutter. Die Männer werden denken, hier gehen zwei Verrückte und werden uns ergreifen und töten.“
Luitgard sah einen Räuber auf sich zukommen, der ein Stück Fleisch in der Hand hielt, und empfing ihn mit einem Lächeln. „Es ist schon richtig, dass wir Verrückte sind, Gerlind. Wir sind Verrückte und Toren, weil wir Gott nicht so lieben, wie wir sollten. Er ist unser Retter.“
In der Tat geschah ihnen nichts. Der Räuber musterte die Nonnen und wusste, dass bei ihnen nichts zu holen war. Sein verwegenes Gesicht verzog sich zu einem Grinsen. Dann warf er ihnen das Fleisch zu und machte eine Geste, dass sie verschwinden sollten.
Einige Tage später kamen sie auf den Marktplatz einer kleinen Stadt. Eine Menge Volk war zusammengelaufen und umstand ein Podest, auf dem ein Galgen errichtet war.
Sie fragten, wer dort hingerichtet würde, und erfuhren, dass drei Räuber, die schon viel auf dem Kerbholz und sogar einige Morde begangen hatten, endlich gefasst und zum Tode durch den Strang verurteilt worden seien.
„Komm, lass uns weitergehen, Mutter“, bat Gerlind, „mit solchen Verbrechern wollen wir nichts zu tun haben.“
„Wir sollten für sie beten. Sie werden gleich vor dem Richterstuhl Gottes stehen“, erwiderte Luitgard und ging nahe an das Podest heran. Als die Männer vom Schinderkarren heruntergestoßen und herbeigeführt wurden, erkannte sie in dem einen den Räuber, der ihnen das Stück Fleisch zuge-

worfen und sie zum Weitergehen aufgefordert hatte. Auch der Räuber schien sie wiedererkannt zu haben, denn er grinste und nickte mit dem Kopf.
„Denk daran, dass Gott gnädig ist und auch dich in seine Arme nehmen wird“, rief sie dem Verurteilten zu. Der Mann zögerte, als ob er etwas sagen wollte, aber der Büttel zog an der Kette und riss ihn mit sich fort und seine letzten Worte gingen im Gejohle der Menge unter.

Es gab Menschen, die Luitgard und ihre Begleitung geradezu auflauerten. Sie waren keine Räuber und Wegelagerer, die es auf den schmalen Geldbeutel der Ordensfrauen abgesehen hatten, sondern schlichte Dorfbewohner aus Schenkenzell und Rötenbach, manchmal auch aus Schiltach, die zu den Ärmsten der Armen gehörten und gerade in Krisenzeiten kaum einen Knochen besaßen, an dem sie nagen konnten. Sie wussten, dass Luitgard keine Reichtümer mit nach Hause brachte, wenn sie von ihren Betteltouren ins Kloster zurückkehrte, doch sie hatten auch erfahren, dass sie unterwegs immer wieder den Armen und Bedürftigen etwas zusteckte, damit sie sich ein Brot kaufen konnten.
So warteten sie manchmal am Eselgrund oder am Gallenbächle, wenn Luitgard erschöpft von der langen Reise zum Kloster ins Wittichental hinaufstieg.
„Ob sie wohl heute kommt?“, fragte die alte Margret, der das Haar strähnig ins Gesicht fiel und deren farblose Kleidung schon seit Wochen keine Bekanntschaft mehr mit dem Waschwasser gemacht hatte. „In der Regel ist sie am Samstag immer wieder daheim, weil sie am Sonntag mit ihren Schwestern den Gottesdienst feiert.“
„Hast du eine Ahnung!“, polterte Hannes los. Er war etwas

jünger als Margret, aber er hinkte, seit ihm bei der Holzabfuhr ein Stamm den Fuß zerquetscht hatte. „Wenn die Mutter bis in die Schweiz unterwegs ist, kann sie unmöglich an jedem Sonntag zurück sein. Sie fährt ja nicht vierspännig, wie die Herren Grafen, sondern geht zu Fuß."
„Ich habe keine Vorstellung, wie weit es in die Schweiz ist. Ich habe nur Sehnsucht nach der Mutter, da denkt man nicht über die Zeit nach."
„Sehnsucht nach der Mutter? Sehnsucht nach ihren Pfennigen, das mag stimmen", knurrte Hannes und machte eine wegwerfende Handbewegung.
Doch jetzt erntete er Widerspruch der anderen aus der Gruppe. „Es geht uns gar nicht immer ums Geld, sondern um ein gutes Wort", warf Cord ein. „Mutter Luitgard kann so wunderbar trösten und ermuntern. Was sie uns sagt, ist wie ..."
„... wie Bärenschinken!", rief Anton, der immer ans Essen dachte.
„Und ihre Augen können so schön lachen!", ergänzte Pauline. „Für diesen Blick kann man meilenweit gehen."
„Du vielleicht – aber ich? Ich bin froh, dass ich es bis hierher ohne große Schmerzen geschafft habe", erwiderte Hannes. „Hätte ich heile Knochen wie ihr, ich stünde nicht hier und bettelte. Aber was soll ich machen? Es hat ja niemand Arbeit für einen Krüppel."
„Für mich auch nicht!", rief Cord. Die anderen nickten beifällig. Einen Augenblick herrschte Stille. Doch jeder war so mit sich und seiner misslichen Lage beschäftigt, dass er den Adler am Erlenberg nicht sah, der über den Tannenwipfeln majestätisch seine Kreise zog.
„Es ist schon ein Kreuz, was sich Mutter Luitgard auferlegt,

oder? Unsereins hätte längst aufgegeben. Baut ein Kloster in die Wildnis und hat kein Geld dafür“, sagte Anna nachdenklich. Sie war noch jung, vielleicht Anfang Zwanzig, und hielt ein Kind in den Armen, das in eine Decke eingewickelt war.

„Das nenne ich Leichtsinn“, sagte Fridolin.

„Oder Gottvertrauen“, widersprach Cord.

„Ich bin ihr dankbar“, fuhr Anna fort, „denn sie hat mein Kind gesund gemacht, als es dem Tode nahe war. Ihr Kräutertee hat Wunder gewirkt.“

„Vielleicht hat Luitgard dieses Wunder in Gottes Namen und mit seinem Beistand getan, wer weiß.“ Alle sahen die alte Margret an. „Ja, ja, sie steht dem Herrgott sehr nahe.“

„Das ist wohl wahr“, nickte Pauline. „Aus ihren Augen leuchtet ein Stück Himmel.“

„Habt ihr schon das Neueste gehört?“, gab Hannes dem Gespräch eine andere Wendung. Da er in fragende Gesichter sah, fuhr er fort: „Der Heiland des Oberrieder Kreuzes soll einen Bart mit natürlichen Menschenhaaren tragen.“

„Woher weißt du das?“, rief jemand aus der Runde.

„Warte ab. Einmal will man beobachtet haben, dass die Haare gewachsen seien. Ein Student wollte der Sache auf den Grund gehen, stieg mit einem Rasiermesser versehen auf die Leiter und fing an, das Gesicht des Herrn zu rasieren. Aber o Schreck! Der junge Mann fiel herab und blieb tot am Grund liegen. Niemand hat es seither gewagt, die Leiter nochmals zu besteigen, geschweige das Kruzifix mit den Händen zu berühren.“

Das Oberrieder Kreuz war von einem Knecht und einer Magd, die auf dem anderen Rheinufer eine Fuhre Futter holen wollten, im Wasser entdeckt und an Land gebracht worden. Der lebensgroße Körper Christi hatte wie eine Leiche ausgesehen. Sie banden das Kreuz einer Kuh auf den Rücken und gingen in den nächsten Ort, um den Geistlichen um Rat zu fragen. Die Kuh aber wollte nicht stillstehen, sondern drängte zum Dorf hinaus. Der Pfarrer riet, man solle das Tier mit dem Kreuz laufen lassen, wohin es wolle. So folgten sie ihm durch Freiburg ins Dreisamtal nach Oberried. Dort blieb es vor einem Kloster stehen. Man trug das Kreuz in die Kirche und stellte es zur Verehrung auf. Es gab noch andere Überlieferungen der Kreuzauffindung, die unter der Bevölkerung großes Erstaunen hervorgerufen hatten.

Sie redeten und warteten. Niemand wusste, ob die Mutter heute nach Hause kam oder erst am nächsten Tag, doch sie harrten aus, weil sie ihre einzige Hoffnung in diesen Zeiten war. Schließlich schickten sie Cord ein Stück Wegs ins Tal, ob er Luitgard sähe. Dort unten bei Schenkenzell teilten sich die Straßen. Die eine ging auf Rötenbach und weiter auf Alpirsbach zu, die andere verlief der Kleinen Kinzig folgend aufs Vortal zu, wo der Weg nach Wittichen und Kaltbrunn abzweigte und die andere Richtung auf Reinerzau hin führte. Cord kam nach einer Stunde achselzuckend zurück. Die Mutter war nirgends zu sehen gewesen.

„Besser, du gehst mit der Kleinen heim“, schlug Fridolin Anna vor und wies auf das Bündel in ihrem Arm. „Die Nächte hier oben sind kalt. Sieh zu, dass sich dein Kind nicht wieder eine Krankheit holt.“

Die anderen nickten.

„Und pass auf, dass dir das Rockertweible nicht begegnet.“

„Wen meinst du damit, Fridolin?“, fragte Anna erschrocken.

„Na, es geht daher in ganz zerlumpten und zerfetzten Kleidern, das Rockertweible. Meist trägt es einen Bund Schlüssel um die Hüfte und macht ein Geräusch, wie wenn eine Ölmühle klopft."
„Mach ihr nicht Angst!", bat Pauline. „Geh nur zu, Anna, es wird dir nichts geschehen."
„Erst will ich wissen, was es mit diesem Weible auf sich hat, sonst gehe ich nicht!", rief Anna.
„Das Klopfen bedeutet, es wird ein gutes Jahr geben. Schön wär's, nicht? Das Rockertweible jagt ständig mit ihren Hunden in den Wäldern herum. Einmal hatten Wilderer ein Feuer gemacht, da hörten sie ein wildes Jagen und Hetzen. Da sahen sie das Rockertweible mit drei Hunden herankommen. Es stellte sich ans Feuer, um sich zu wärmen. Dabei sah es die erschrockenen Wilderer eine Weile listig an. Dann lachte es hell auf und verschwand. Als die Männer sich besannen, fehlte dem einen der Hut, dem zweiten das Gewehr und dem dritten das Messer."
„Ich werde mich hier ins Unterholz verkriechen", meinte Hannes. „Ich habe nicht nur einmal ein Bett aus Laub und Zweigen gehabt."
„Eine Stunde werde ich noch warten. Wenn sich bis dahin nichts tut, verziehe ich mich", sagte die alte Margret. „Aber du, Anna, solltest wirklich nach Hause gehen – deines Kindes wegen."
Anna war unschlüssig, denn zu Hause wartete niemand auf sie. Sie bewohnte eine elende Kate, durch deren Mauerritzen der Wind pfiff. Trüge sie nicht die Verantwortung für die kleine Hildegard, sie hätte sicherlich noch eine Weile ausgeharrt wie die anderen.
Inzwischen kroch die Dunkelheit aus den Bergspalten her-

vor und breitete sich langsam aus. Zugleich stieg auch Nebel aus den Tälern auf. Der Adler war längst in seinem Horst verschwunden und der Gesang der Vögel verstummt. Anna machte sich auf den Heimweg, begleitet von der Angst vor den Geistern und Gespenstern der Nacht, die überall versteckt zu lauern schienen, um die Menschen zu erschrecken. Auch Pauline fühlte sich nicht wohl in ihrer Haut. „Wenn ihr nicht bei mir wärt, ich würde keine Minute mehr hier oben bleiben“, sagte sie und mummelte sich schaudernd in ihr Schultertuch.

„Ich bewundere Annas Mut“, meinte Cord anerkennend. „Ich für meinen Teil würde nicht allein in die Nacht gehen. Wenn mich die Räuber nicht erwischen, dann die bösen Geister.“

„Du Hasenfuß“, lachte Fridolin, „du machst dir vor Angst noch in die Hose, was?“

Alle lachten. Cord wurde zornig. „Habt noch nichts vom ‚schwarzen Pfaff‘ gehört, was?“

„Wer soll denn das sein?“, erkundigte sich Margret und spuckte aus.

„Mein Vetter hat mir neulich davon erzählt. Er soll in der ganzen Gegend sein Unwesen treiben.“

„Nanu! Was hat er denn ausgefressen?“

„Der ‚schwarze Pfaff‘ soll von den Leuten Messgeld genommen, aber keine Messen dafür gelesen haben. Zur Strafe geistert er nun durch die Lande.“

„Und du meinst, Cord, er käme auch in diese abgelegene Ecke der Welt?“

„Geister können das“, belehrte Anton die Gruppe.

„Und ob!“ Cord ereiferte sich. „Er muss nachts mit einem Messbuch in der Hand durch seine Kirche gehen. Einmal waren zwei Männer aus Lauf des Nachts unterwegs. Da sah der eine einen schwarzen Mann mit einem Messbuch unter dem Arm ihnen entgegenkommen. Und zugleich ertönte in der Luft ein ohrenbetäubendes Brausen. Der andere Mann fragte, was er habe, da er so schweigsam sei, doch der Freund konnte nicht sprechen. Später erzählte er, der Geist sei ständig neben ihm hergegangen – bis zu einer Brücke."

„Unheimlich!"

„Ja, Hannes. Doch das ist nicht alles. Ein Wirt soll einmal über seinen Wein geflucht haben, weil er so trüb war. Durch diesen Fluch bannte er den unsichtbaren schwarzen Pfaff, der der Übeltäter war, in das Fass. Als er später den Wein anzapfte, war er ganz schwarz. Voller Wut warf der Wirt das Weinfass in eine Jauchegrube. Doch als er später die Jauche abfahren wollte, versagte die Pumpe. Er versuchte die Schraube zu öffnen, doch vergeblich. Der Wirt ließ darauf den Schmied kommen, der die Pumpe gewaltsam aufschlug. Da sprang der ‚schwarze Pfaff' wieder heraus."

Pauline schlang das Umschlagtuch noch enger um ihre Schultern. „Jetzt brächten mich keine zehn Pferde allein von hier fort", sagte sie schaudernd. „Wie gut, dass ihr hier seid."

„Gegen Geister oder Gespenster können auch fünfzig Mann nichts ausrichten", beschwor Cord die kleine Gruppe. „Einmal ging ein junger Bursche nachts an einen Bach, um Frösche zu fangen. Um Mitternacht lastete plötzlich ein schweres Gewicht auf seinen Schultern – es war der ‚schwarze Pfaff'. Erschreckt wollte der Bursche nach Hause, doch der Geist hockte auf ihm, bis er unter die Tür

seiner Stube trat. Da endlich war er von ihm befreit."
Ängstlich starrte die alte Margret in die Dunkelheit. „Hör auf, Cord, sonst vergehe ich vor Angst!"
„Still!", rief Pauline. „Habt ihr nichts gehört?"
„Was meinst du?"
„Schritte. Leise, gleichmäßige Schritte!"
„Du spinnst!", meinte Fridolin.
„Nein, ich höre sie auch", flüsterte Cord. „Dort, seht ihr das Licht?"
„Der ‚schwarze Pfaff'!"
„Nein, die gute Mutter Luitgard und ihre Beleitschwester! Gott sei Dank! Wir haben nicht umsonst gewartet!"
In diesem Augenblick ging hinter den Tannen der Vollmond auf.

8

AUF REISEN

Wir müssen zum Papst!", verkündete Oberin Luitgard eines Morgens nach dem Gottesdienst. „Wir müssen ihm unsere Lage schildern und um seine Anerkennung bitten."
Zunächst breitete sich ein großes Schweigen aus. Man spürte förmlich den angehaltenen Atem der Nonnen, die sich im kleinen Refektorium um den Tisch versammelt hatten. Die Gesamtanlage des Klosters war immer noch nicht abgeschlossen. Zwar bestand ein Kirchlein und auch die Unterkünfte für die Schwestern waren inzwischen fertig gebaut, doch der Speiseraum war auch zugleich Versammlungsort für die Gemeinschaft, in dem Mutter Oberin die tägliche kurze Ansprache hielt und die Schwestern in Glaubensfragen unterrichtete. Luitgard hatte nicht studiert, hatte keine Schule besucht, sondern ihr Wissen während der Wolfacher Klosterjahre oder durch Selbststudium erworben. Sie hätte sich, wie die große Hildegard von Bingen, als „indocta" – ungelehrt – bezeichnen können. Luitgard hatte Gott ja darum gebeten, nicht „gelehrt" zu sein, sondern ihr zu helfen, das Wissen auf das Wesentliche zu beschränken. Und das war in ihren Augen die strenge Ausrichtung auf

den Willen Gottes und die in Nächstenliebe mündende Botschaft seines Sohnes Jesus Christus.

„Wie willst du das machen?“, fragte schließlich Schwester Diemut. „Wie willst du zum Papst kommen?“

„Zu Fuß, wie auf allen Bettelreisen.“

„Aber der Papst wohnt nicht in Wolfach oder in St. Blasien. Er wohnt nicht einmal in Rom!“, rief Schwester Bertrande.

Luitgard lächelte. „Ich weiß. Ich weiß auch, dass der Weg nach Avignon sehr weit ist und uns Wochen dauert. Aber solange wir unser Klösterle, das vor der Welt versteckt liegt, nicht in Avignon vorstellen – wie sollen wir dann anerkannt werden? Wenn uns Seine Heiligkeit anerkennt, bekommen wir Privilegien, das sind Zusicherungen der Hilfe in schweren Zeiten, oder auch mal einen Zuschuss aus der Bischofskasse für die noch ausstehenden Bauten.“

„Aber wir haben doch Armut gelobt!“, rief Schwester Irmgarda und schüttelte den Kopf.

„Wir werden der Armut auch treu bleiben, so wie sie uns treu bleibt. Aber wir müssen unsere Regel dem Papst vorstellen, die Regel, nach der wir leben, und sie genehmigen lassen. Dann sind wir eingebettet in den Schoß der Kirche.“

„Das sind wir jetzt doch auch!“ Die Schwestern waren nicht so leicht für diese Idee zu begeistern.

„In Oberwolfach waren wir es. Das ist wahr. Doch Wittichen ist eine neue Gründung. Bedenkt, was der Herr mir offenbarte, als er von vierunddreißig Schwestern sprach.“

Es entstand ein kleiner Tumult, die Schwestern waren ungehalten und sprachen aufgebracht miteinander. Luitgard wartete, bis sich das Stimmengewirr gelegt hatte.

„Ich hatte heute Nacht ein Traumgesicht, das mich ermunterte, diesen Schritt zu tun“, fuhr die Oberin fort. „Ich kann mich auf diese Offenbarungen verlassen, denn sie sind von Gott."

„Den Weg nach Avignon hätten wir vielleicht längst gehen sollen", sagte Schwester Philippa zerknirscht. „Vielleicht wäre uns manche Not erspart geblieben."

„Man soll den zweiten Schritt nicht vor dem ersten tun. War ich nicht lange in Zweifel, ob ich dieses Kloster bauen sollte? Jetzt sind wir in einem Stadium, in dem wir an die Öffentlichkeit treten dürfen. Bitte, unterstützt mich bei meinem Vorhaben!"

Mutter Luitgard erhielt nun breite Zustimmung, nur einige Schwestern enthielten sich des Handzeichens und eine beschloss gar, ihr bisheriges Klosterleben aufzugeben und wieder in die Heimat zurückzukehren.

So traf man die Vorbereitungen für die weite Reise, auf der, wie gewohnt, Schwester Gerlind die würdige Mutter begleiten sollte.

Luitgard liebte die Klöster des Landes. Wie Lichter leuchteten sie aus dem Dunkel des Schwarzwaldes und der Region am Oberrhein, Orientierungspunkte für viele Menschen in dieser unsicheren Zeit, Stufen auf dem Weg zu Gott. Besonders mochte sie das Kloster Allerheiligen, eine Gründung der Herzogin Uta von Schauenburg um 1196, der Witwe Welfs VI. und ihres Sohnes Eberhard III. von Eberstein. Prämonstratensermönche aus Sindelfingen hatten es einst besiedelt und es war eine lebendige Gottesburg mit der unlängst fertiggestellten Klosterkirche.

Als Mutter und Sohn das Kloster Allerheiligen gründen wollten, konnten sie sich nicht über den Platz einigen. Da träumte Uta, sie möge am Gedenktage der hl. Ursula einen

Esel mit einem Sack Geld für den Klosterbau beladen und in die Wildnis hinausschicken. Wo der Esel den Sack abwerfe, dort solle das Kloster erbaut werden. Auf der Höhe des Sohlberges scharrte das durstige Tier mit den Hufen die Erde auf und es sprudelte eine Quelle hervor. Als sich der Esel satt getrunken hatte, trabte er noch etwa eine halbe Stunde durch den Wald, bis er die Last ermüdet abwarf. Der Geldsack rollte ins Tal und bezeichnete so den Platz, an der das künftige Kloster errichtet werden sollte. Die Stelle, an der die Quelle sprudelte, wurde als „Eselsbrunnen" bezeichnet, an der eine Tafel aus Stein mit folgender Inschrift Auskunft gab: „Anno 1191 ward hier ein Esel durchgeführt, von dessen Huf der Brunn herrührt." Auf dem Sohlberg entstand ein Ursulakirchlein, das jedoch längst wieder verschwunden ist.

Fast aus der gleichen Zeit stammte das Zisterzienserkloster Tennenbach, ein Filialkloster von Frienisberg im Kanton Bern. Es stand noch unter der Vogtei der Markgrafen von Hachberg. Dort, wo der Schwarzwald seine höchsten Berge in den Himmel reckte, lag St. Märgen, ein Augustiner-Chorherrenstift, das 1125 erstmals urkundlich erwähnt wurde. Derzeit stand es nicht gut um die fromme Niederlassung, denn es gab Auseinandersetzungen mit Familien des Freiburger Niederadels, an die die Vogtei des Stifts gekoppelt war.

St. Blasien war schon zur Karolingerzeit von Einsiedeln aus besiedelt worden. Es war die größte Abtei im Schwarzwald. Herzog Berthold II. von Zähringen hatte 1093 das Kloster St. Peter „auf dem Schwarzwald" gegründet und damit das alte Hauskloster der Familie in Weilheim als Haus- und Eigenkloster sowie als Grablege hierherverlegt. Das Priorat des Klosters Hirsau, Klosterreichenbach, war 1082 durch

Abt Wilhelm gegründet worden. Die wuchtige Kirche mit den beiden Türmen und dem grandiosen Ostabschluss hatte Luitgard wiederholt bewundern können, wenn der Weg sie dort vorbeiführte.

Das Kloster von Frauenalb beruht ebenfalls auf einer Stiftung des Grafen Eberhard III. von Eberstein und seiner Mutter Uta von Schauenburg aus der Zeit um 1180/1185. Wie die Sage berichtet, hörte man nach der Auflösung der Abtei im ehemaligen Äbtissinnenbau nachts gelegentlich über Jahre noch Schritte oder das Rauschen von Kleidern sowie Gesang aus der alten Klosterkirche. Es heißt, das Kloster sei zeitweise recht weltlich gewesen und seine Insassen sollen ein böses Maul gehabt haben.

Ein Junge aus der Abtei Frauenalb wurde einmal in den Wald auf dem Sägberg geschickt, um Ameisen für ein Krankenbad zu holen. Doch er tat sich schwer, welche zu entdecken. Schließlich traf er auf einen wie ein Jäger gekleideten Mann, der ihn bat, ihm zu folgen. Er führte ihn zu einem großen Ameisenhaufen. Der Junge füllte einen Sack mit Ameisen und stellte ihn abends in der Pförtnerinnenstube des Klosters ab. Als man am folgenden Morgen den Sack öffnete, war er voller Goldstücke. Die Freude im Kloster war groß. Noch am selben Tag machte sich eine Prozession auf den Weg zum Sägberg, um Gott an Ort und Stelle für den Goldschatz zu danken. Doch der Ameisenhaufen war nirgends zu sehen. Die Abtei dankte es dem Jungen, indem sie ihm eine gute Erziehung zuteilwerden ließ und ihm von dem Schatz auch reichlich Almosen gab. Wie gern wären Mutter Luitgard und ihre Begleitung auf ihren Bettelwegen einem solchen Ameisenhaufen begegnet. Doch Märchen werden selten wahr.

Gengenbach im Kinzigtal geht auf das Wirken iro-schottischer Mönche im frühen 8. Jahrhundert zurück. Pirmin soll es mit Herzog Ruthard zwischen 724 und 727 gegründet und die Benediktinerregel eingeführt haben. Schenkungen des Königs und des Adels machten die Abtei zum beherrschenden Grundbesitz im Kinzigtal. Kaiser Heinrich II. schenkte das Kloster 1007 an das neugegründete Bistum Bamberg. Doch die Zähringer behielten die Vogtei, danach traten die Staufer an ihre Stelle, die dann den Klosterbesitz mit der Zeit an sich zogen. Jetzt war das Kloster allmählich um all seine Reichtümer gebracht worden. Der Weg zur freien Reichsstadt schien geebnet.
Bevor der hl. Pirmin, der Begründer der Reichenau, das Kloster Gengenbach ins Leben rief, ließ er der Überlieferung nach seine Schwester im Odenwald zurück, damit sie dort ein Kloster gründe. Einer der Gengenbacher Mönche begab sich später regelmäßig auf den Weg dorthin, um den Klosterfrauen die Beichte abzunehmen. Als hier ein Brand ausbrach, kam er in den Flammen um. Einige Nonnen machten sich auf, um die Zerstörung des Klosters in Gengenbach zu melden. Doch sie verliefen sich und fanden schließlich zu einem Einsiedler, der im Sterben lag. Der Eremit schenkte ihnen ein Marienbild. Als die Schwestern bei der Berglekapelle angekommen waren, sahen sie zum ersten Mal das Kloster Gengenbach, in dem sie Schutz und gastliche Aufnahme in einem Nebengebäude fanden. Auf Rat des Abtes bauten sie ein neues Kloster, das jedoch später unterging. Das Marienbild stifteten die Nonnen zum Dank der genannten Kapelle.
Bei einem Brand im Gengenbacher Kloster spielte ein kleiner Kanarienvogel eine mysteriöse Rolle. Er konnte eines

Nachts nicht zur Ruhe kommen und flatterte in seinem Mauerkäfig aufgeregt hin und her. Der Vogel gehörte dem vielbeschäftigten Pförtner des Klosters und teilte die Zelle mit ihm. Der Bruder verwünschte den Vogel schließlich, weil er ihm den Schlaf raubte, und da das Tier immer noch keine Ruhe gab, drehte er ihm voller Wut kurzerhand den Hals um. Doch dann bemerkte er mit Entsetzen, dass die Backsteine der Käfignische heiß geworden waren. Im Nebenraum, wo Holz gelagert wurde, war ein Brand ausgebrochen und bedrohte das Kloster. Schon hörte er das Knistern des Feuers und einen anschwellenden Lärm in den Klostergängen. Wäre der kleine Kanarienvogel nicht erregt herumgeflattert, wäre das Kloster gänzlich ein Raub der Flammen geworden.

Einmal sollen die Gengenbacher Mönche in einem Krieg über den sogenannten Pfaffenweg und die Teufelskanzel an den Pfaffenbach geflüchtet sein. Lange konnten sie nicht zurückkehren, sodass viele *Konventualen* in anderen Klöstern Zuflucht suchten. Die anderen starben bis auf einen an einer Seuche. Der Überlebende kehrte durch einen unterirdischen Gang hin und wieder ins Kloster zurück, wo er sich von den Eiern des einzigen noch verbliebenen Huhnes ernährte. Als die Mönche später wieder in die alte Niederlassung zurückkehrten, wählte man ihn zum Abt. Den Ort, an dem sich die Mönche während des Krieges aufgehalten hatten, nannte man später „Im Pfaffenbach".

Das Benediktinerkloster Schuttern entstand vermutlich als Missionskloster im 6. Jahrhundert für das rechtsrheinische Gebiet. Doch erlebte es im 12. und 13. Jahrhundert eine Feuersbrunst. Mag sein, dass Luitgard auf ihren Bettelreisen hier keine großen Almosen erwarten konnte. Auch

Schwarzach verfügte über ein Kloster. Graf Ruthard und seine Gemahlin hatten es wahrscheinlich 758 auf der Arnulfsau in der Nähe des Rheins gegründet. Ende des 12. Jahrhunderts siedelte es an einer neuen Stelle. Die Klosterkirche wurde nach einem Brand ab 1220 neu gebaut.
Das Kloster Lichtenthal an der Oos bei Baden-Baden lag zwar abseits der Wege, die Luitgard beschritt, doch hatte es für das Land eine besondere geschichtliche Bedeutung. Knapp 50 Jahre vor Luitgards Geburt war es von der badischen Markgräfin Irmengard, einer Enkelin des Welfen Heinrichs des Löwen, als Grablege des badischen Hauses gegründet worden. Reiche Stiftungen begünstigten die Entwicklung der Zisterzienserinnenabtei und sicherten ihre materielle Existenz. Die Klostergemeinschaft blieb mit dem Hause Baden, aus der auch einige Äbtissinnen hervorgingen, über lange Jahre eng verbunden. Die Fürstenkapelle entstand 1288.
Was alle diese Niederlassungen auszeichnete und von der Gründung Wittichens abhob, war ihre Stiftung durch wohlhabende Adelsgeschlechter. Viele hohe Herrschaften hatten Klöster erbauen lassen in der Hoffnung, dass dort später ständig für ihr Seelenheil gebetet werde, denn nicht alle Stifter hatten so einwandfrei gelebt, dass sie sich dieses Gebetes nicht hätten vergewissern müssen. Sie hatten Kriege geführt, Konkurrenten übervorteilt, missliebige Gegner aus dem Feld geschlagen, ihren Besitz auf unlautere Weise gemehrt – durch den Bau von frommen Niederlassungen hofften sie einen Teil der Schuld abtragen zu können. Luitgard dagegen war weder Stifterin im klassischen Sinn noch Auftraggeberin. Das Wort Jesu in einer Vision während des Gottesdienstes hatte ihr genügt, um zunächst zögerlich,

dann aber beherzt und im Vertrauen auf den Beistand des Himmels den Klosterbau zu beginnen.

Sie gingen wie immer zu Fuß. Sie hatten nur eine leidliche Vorstellung, wo Avignon lag. Oft mussten sie fragen, Umwege gehen, weil sie sich nicht richtig hatten verständigen können. Manchmal nahm ein mitleidiger Bauer sie ein Stück auf seinem Wagen mit, einmal hielt sogar die Kutsche eines Prälaten neben ihnen und der hohe Herr lud sie ein, bis zur nächsten Stadt mitzufahren. Sie befanden sich da aber schon weit im Frankenreich, nachdem sie den Rhein überschritten und den Gebirgszug der Vogesen hinter sich gebracht hatten. Sie gingen über Mülhausen und durch die „Burgundische Pforte“ auf Besançon zu, erfragten den Weg nach Mácon und Lyon und folgten dem Fluss Rhône mit seinen mit Wald und Rebhängen bedeckten Ufern über Valence und Montélimar nach Süden. Ein Stück reisten die Nonnen auch auf einem Schiff talwärts, nachdem ein mitleidiger Schiffseigner sich erbarmt hatte oder sie ihm die Mithilfe in der Bordküche angetragen hatten. Manches Lastschiff zerschellte an den Klippen und brachte die Mannschaft in tausend Nöte, doch ihnen geschah nichts. Einmal, als sie sich verirrt hatten, erschien ein Lämmchen und sprang viele Meilen vor ihnen her. Sie folgten ihm treuherzig und kamen bald wieder auf den rechten Weg. Einmal gerieten sie in einen Schwarm von Bienen und Hornissen, die sie stechen wollten. Sie flogen wie rasend um sie herum und Luitgard und Gerlind konnten sich ihrer nur mit viel Mühe erwehren. Ein andermal meinten sie, von großen Tieren verfolgt zu werden, doch es war ein Trugschluss, denn als sie sich umblickten, war nichts zu sehen. Ob der Teufel sie täuschen wollte?

Unterwegs hätte es viel zu entdecken gegeben. Doch sie nahmen sich nicht die Zeit, die alten verträumten Kirchen und Wehrtürme zu bestaunen, noch die grandiosen Bauwerke. Manchmal kehrten sie im einem Kloster ein, fanden gastliche Aufnahme, doch wenig Verständnis für ihr Anliegen, denn ein Papst so hoch oben werde zwei kleine unscheinbare Nonnen wohl kaum persönlich empfangen. Man empfahl ihnen, den Pfad der Diplomatie zu beschreiten mit Briefen, Eingaben und Dokumenten, doch davon wollte Luitgard nichts wissen, sie war immer für den geraden Weg und verließ sich auf Gottes Mitwirkung an ihrem Vorhaben.
Als sie ihr Ziel erreichten, nahmen sie die Stadt Avignon mit den turmbewehrten Mauern in ihrer Schönheit und in ihrem baulichen Glanz kaum wahr, so müde waren sie. Sie hatten erfahren, dass der hl. Rufus, Schüler des hl. Paulus, erster Bischof der Stadt gewesen war und dass mehrere Synoden hier stattgefunden hatten. Erst jüngst waren Entscheidungen über den Umgang mit geistlichen Gütern und über die kirchliche Jurisdiktion getroffen worden.
Hier also residierten die Päpste. Eine eher unglückliche Entwicklung hatte sie hierher verschlagen. In dem Jahr, als Luitgard sich entschloss, ins Kloster zu gehen, zog die Kurie von Rom nach Avignon um. Papst Bonifaz VIII. hatte die zunehmende Macht und Einflussnahme des französischen Königs Philipp IV. bekämpft. Sein zweiter Nachfolger, Clemens V., selbst ein Franzose, stand bereits ganz unter dem Einfluss Frankreichs. Er wurde im Beisein Philipps 1305 zum Papst gekrönt, nahm 1307 an dem schmählichen Prozess gegen den Templerorden teil und verlegte – nicht zuletzt um den Machtkämpfen der das Papsttum bedrängen-

den adeligen Familien in Rom zu entfliehen – seine Residenz nach Avignon. Clemens hätte sich des französischen Einflusses mit Hilfe des römisch-deutschen Kaisers Heinrich VII. gern erwehrt, doch Heinrich versuchte in Italien die alte Staufer-Politik wiederzubeleben, sodass der Papst sich schweren Herzens wieder Philipp IV. zuwandte.
Die Franzosen bauten ihre Machtposition gegenüber der Kurie zum Leidwesen der Italiener weiter aus: Eine große Mehrheit der neu ernannten Kardinäle stammte aus Frankreich. Eine Erschwernis der Verhältnisse entstand durch die zunehmende Vetternwirtschaft der Päpste. Clemens VI. baute später den Papstpalast in Avignon zu einer hochherrschaftlichen Residenz aus. Insgesamt residierten sieben Päpste und fünf Gegenpäpste in Avignon. Es war die große Katharina von Siena, die dazu beitrug, dass der Sitz der Kirchenleitung ab 1377 wieder der Lateranpalast in Rom wurde. Die „Babylonische Gefangenschaft" war zu Ende.
Als Luitgard und Gerlind in Avignon eintrafen, stand Johannes XXII. an der Spitze der Kirche. Mit ihm wollten sie das Gespräch über die Anerkennung ihres Klosters führen. Doch leider erzielten sie nicht den gewünschten Erfolg. Gott offenbarte der würdigen Mutter vieles. Sie konnte Dinge voraussehen, die tatsächlich eintrafen. Sie war mit dem Leiden des Gottessohnes so vertraut, dass sie die Stationen des Kreuzweges im Geist mitgehen konnte. Sie wusste um das Leben der Heiligen und wie es ihnen im Himmel erging. Von weit entfernten Orten kamen Menschen zu ihr, um bei ihr Trost und Hilfe zu empfangen und sich Rat zu holen. Sünder führte sie auf den Weg des Glaubens zurück – aber in der Sache ihres Klosters kam sie in Avignon nicht weiter. Doch sie sollte es im Schwarzwald

noch einmal versuchen. Es würde einer späteren Zeit vorbehalten sein, die Blüte der Niederlassung zu erleben.

Wer gemeint hatte, der Misserfolg der Reise nach Avignon habe Luitgard gelähmt, der irrt. Kaum waren Gerlind und sie aus dem Frankenreich zurück und hatten sich einige Tage erholt, drängte die Not, die im Kloster herrschte, sie abermals hinaus. Von nun an begleitete Metzlin aus Rottweil die ehrwürdige Mutter auf ihrem Bettelgang. Sieben Jahre war Gerlind mit ihr gegangen, hatte die Strapazen der Straße geteilt, Sonnen- und Regentage und manchmal die Winterkälte mit ihr ertragen. Dann war sie einfach am Ende ihrer Kräfte gewesen und hatte sich Luitgard weinend zu Füßen geworfen und um Ablösung gebeten.
Metzlin ging nur schweren Herzens mit, denn sie glaubte, Gott im Kloster mehr dienen zu können als unterwegs. Doch die guten Worte ihrer Oberin und ihre Begeisterung für die göttliche Sache hatten sie schließlich umgestimmt und mitziehen lassen. Denn Luitgard betonte des Öfteren, dass das Kloster ja nicht ihr, sondern Gottes Werk sei, für das sie als Verwalterin lediglich kleine Dienste zu verrichten habe, dass der eigentliche Hausherr aber im Himmel lebe.
Diesmal war Schaffhausen das Ziel, Schaffhausen, das im Schwäbischen lag. Warum Luitgard gerade diese Stadt ausgesucht hatte, wusste sie selbst nicht. Sie war ihr in den Sinn gekommen wie ein himmlischer Gedanke, den man in die Tat umsetzen musste. Die Stadt, berühmt wegen ihres in der Nähe befindlichen Rheinfalls, erwuchs einer Kaufmannssiedlung und hatte 1045 Münz- und Marktrecht erhalten. Das 1050 gestiftete Benediktinerkloster Allerheili-

gen trug zur Blüte wesentlich bei. 1091 wurde Schaffhausen Reichsstadt. Wegen der guten wirtschaftlichen Entwicklung erschien es Luitgard erfolgversprechend, hier um Unterstützung für das Kloster Wittichen zu bitten.
Die Mutter und Metzlin wanderten durch den dunklen, schönen, aber auch verrufenen Wald in den Tälern nach Süden, stets auf der Suche nach Gönnern und Helfern. So gingen sie über St. Georgen, durch das Brigachtal, über Donaueschingen und Blumberg. Unterwegs sahen sie die Quelle der Donau, wurden von den Nonnen von Gnadental freundlich aufgenommen und beherbergt und marschierten durch das Tal der Durach auf ihr Ziel zu.
Wie immer besuchten Luitgard und ihre Begleitung vor dem Bettelgang das Gotteshaus. So auch in Schaffhausen. Dort hatte sie wieder eine Vision. Es war nicht ungewöhnlich, dass die Seelen verstorbener Menschen sie um ein Gebet baten, ihr nachts vor ihrem geistigen Auge erschienen und um einen Dienst nachsuchten. Hier nun ließ der Herr sie einen Blick in einen Seelenzustand tun, der als „Fegefeuer“ umschrieben wird. Es war ein Läuterungsort, an dem sie Frauen und Männer erkannte, die vor etwa fünfzehn Jahren gelebt hatten. Es wurde ihr auch der Grund ihrer Leiden und Gottesferne offenbart. Zwei Menschen erkannte sie wieder, die ein gutes Leben geführt hatten, und es kam der Mutter ungerecht und unbillig vor, dass sie sie hier entdeckte.
„Wir kennen die Maßstäbe nicht, die Gott anlegt“, sagte sie später ihrer Gefährtin. „Wir machen uns ein Bild von den Menschen, und Gott hat ein ganz anderes von ihnen. Denn wir sehen nur das äußere Bild, der Herr aber kennt das Herz.“

In diesem Falle aber war es so, dass Metzlin die Ursache dafür gewesen war, dass eine Seele noch immer nicht den Frieden in Gott gefunden hatte. Zu Lebzeiten hatte Metzlin diesen Menschen in guter Absicht so geprägt, dass er mit Gott haderte. Gott aber hatte ihm ein fröhliches, aller Sorgen lediges Leben zugedacht. „Du bist die Ursache dieses Schicksals gewesen“, sagte Luitgard, „nun sollst du die Ursache sein, dass diese Seele ihren Frieden in Gott findet.“ Und die Schwester wandte alle Gebete dieser Seele zu. Und wirklich, nach kurzer Zeit offenbarte ihr Luitgard, dass sie frei von allen Nöten sei.
Schon in den Zeiten, als Luitgard mit dem Klosterbau beschäftigt war, hatte sie Begegnungen mit den Seelen der Verstorbenen und wusste, wer aus ihrem Umfeld von Gott abberufen würde. Manchmal, wenn sie wieder einmal in fremde Orte aufbrach, sagte sie: „Liebe Mitschwestern, lebt in Frieden miteinander und hütet euch wohl. Denn wenn ich wiederkomme, sind nicht mehr alle am Leben.“
Auf einer ihrer Bettelreisen war sie nach Colmar gekommen, in diese alte Reichsstadt und Stütze der Habsburger. Während sie im Münster St. Martin, einem romanischen Bau aus dem 10. Jahrhundert, betete, erschien ihr eine Seele in Gestalt eines Mädchens und sprach sie an: „Muhme – Tante –, ich bin dein Gretle von Übelbach, dem Weiler im Kinzigtal. Ich bin in dieser Welt tot und lebe jetzt in Gottes Ewigkeit.“
Es war das Kind ihrer Schwester, das sie mit nach Wittichen genommen hatte.
„Wann bist du gestorben?“, fragte Luitgard voller Schmerz.
„Gestern. Siegfried ist unterwegs und will es dir sagen.“
„Mein Kind, wie steht es um dich und wo bist du jetzt?“

Das Mädchen antwortete fröhlich: „Ich soll dreißig Tage in Wittichen bleiben bei den anderen Schwestern. Viele Jungfrauen und Engel werden kommen und die Schwestern und mich das Klosterleben lehren."
„Wie darf ich das verstehen, mein Kind? Wie soll das geschehen?"
„Wir sollen ein einfaches, andächtiges und reines Leben führen, so wie Christus es nach dem Willen seines Vaters gelebt hat."
Das Gretle durfte aber auch einen Blick in die Zukunft tun, denn es sagte seiner Tante: „Liebe Muhme, bleibe fest und standhaft in deinen Plänen, denn Gott wird dir helfen, eine Kirche zu bauen. Ehe noch das fünfte Jahr verstrichen ist, wird sie ihre Weihe erhalten. Wittichen wird ein sehr schönes Kloster und Gott wird viel Wunderbares darin wirken."
Luitgard fragte auch, wie die himmlischen Jungfrauen und Engel aussähen, und die Seele antwortete: „Selbst ein König könnte sie nicht schauen. Er würde blind werden."
„Ach, ich würde so gern wenigstens den Saum eines Engelkleides sehen", bat Luitgard. „Kannst du dabei helfen?"
Da war es ihr, als sähe sie den Saum eines Gewandes, himmelfarben und so schön, dass sie keine Worte dafür fand, und wenn sie mehr als den Rand gesehen hätte, wäre sie vor Glück gestorben.
In den folgenden dreißig Tagen ruhte ein besonders großer Friede über dem Kloster von Wittichen. Die Schwestern zeichneten sich auffällig durch gegenseitige Rücksichtnahme und großes Verständnis füreinander aus. Es war, als ob eine unsichtbare Engel- und Jungfrauenschar die Gemeinschaft lenke und anleite.

Gelegentlich gerieten Luitgards Pläne durcheinander. Sie hatte sich etwas vorgenommen und alles kam anders. Besonders auf Reisen gelangte sie manchmal an Orte, die sie eigentlich nicht aufsuchen wollte. Zuerst ärgerte sie diese Ungeschicklichkeit, denn sie sah darin ein Unvermögen, doch dann erkannte sie, dass sie in diese Städte und Dörfer geführt wurde. Ihr Leben war ganz auf Gott ausgerichtet, und Gott war es, der ihre Schritte lenkte. Gelegentlich fragte sie Menschen um Rat, und die Menschen rieten ihr nach bestem Vermögen. Aber dann folgte sie diesen Empfehlungen nicht, sondern tat etwas ganz anderes. Es geschah zuweilen, dass sie sich auf ihren Wanderungen verirrte. Darin sah sie eine Prüfung Gottes oder seinen Fingerzeig, an einen Ort zu gehen, wo man ihrer Hilfe bedurfte.

So kam sie auch einmal in die Stadt Winterthur, in dessen Nähe das Dominikanerinnenkloster Töss lag. Die nach dem gleichnamigen Fluss benannte Niederlassung war 1233 zu einem Frauenkloster nach der Regel des hl. Benedikt umgewandelt worden. Päpste und Könige bedachten es mit Privilegien, der Adel beschenkte es reichlich. 1240 wurde die Kirche geweiht, 1245 die Seelsorge, die geistliche Leitung und Visitation dem Dominikanerorden in Zürich übergeben. Die Chorfrauen stammten zum Teil aus dem Adel Süddeutschlands. Königin Elisabeth von Ungarn trat als Nonne in das Kloster ein und starb auch dort.

In den Tagen, als die selige Mutter Luitgard das Kloster aufsuchte, beschrieb die Dominikanerin Elsbeth Stagel, die kurz nach 1300 als Tochter eines Züricher Ratsherrn geboren worden war und als gebildet und feinsinnig galt, das mystische Leben von etwa vierzig Schwestern, die dort gewirkt hatten. Um 1336 lernte sie als „junge, ungeübte

Schwester“ den Mystiker Heinrich Seuse kennen und wurde dessen treue Schülerin und vertraute Freundin. Sie dokumentierte dessen Briefe und verfasste asketisch-mystische Traktate.

Die Tösser Schwestern waren Luitgard nicht wohlgesonnen. Als sie den Klosterhof betrat und um Almosen und um eine Herberge bat, wurde sie barsch abgewiesen. Traurig ging sie wieder davon. Es weilte jedoch zufällig ein Priester im Haus, der Luitgard kannte und dort von ihrem Leben erzählt hatte. Er sah, wie die Klosterfrau den Hof verließ, und fragte die Beschließerin: „Wer ist denn gerade von uns gegangen? Ich glaube, dass ich die Schwester kenne.“

„Ach, eine, die nur betteln und eine Unterkunft wollte. Aber wir haben ja selbst kaum Geld und die Gästebetten sind belegt.“

„Da habt Ihr ein großes Unrecht getan!“, rief der Geistliche. In diesem Augenblick entsann sich die Beschließerin, dass sie und ihre Mitschwestern über die Witticher Nonne tatsächlich schon viel erfahren hatten, und es reute sie, dass sie ihr so herzlos begegnet war. Sie eilte Luitgard nach, um sie zurückzuholen. Doch Luitgard hatte sich, einer inneren Stimme folgend, noch nicht aus dem Klosterbereich entfernt, sodass sie zurückkehrte. Die Schwestern nahmen sie herzlich auf und taten alles, was in ihrer Macht stand, um sie froh und glücklich zu machen.

Einmal kamen Luitgard und Metzlin in eine Stadt, in der der Schlossherr im Sterben lag. Als die würdige Mutter hier um ein Almosen bat, sagte man ihr, der Graf ringe mit dem Tode und sei seit drei Tagen nicht bei Bewusstsein. Luitgard und ihre Gefährtin knieten an seinem Bett und beteten inständig, denn sie spürten, wie das Leben sich seinem

Ende zuneigte. Der Graf aber sah in die andere Welt, vor allem schaute er, wo er gefehlt und gesündigt hatte. Luitgard erahnte seine große Not, und das Herz wollte ihr zerreißen vor Mitgefühl. Als der Herr nach drei Tagen die Augen aufschlug und die Schwestern sah, bemächtigte sich seiner eine große Ruhe. Luitgard legte ihre Hand auf die seine und sprach leise und begütigend auf ihn ein. Sie erzählte ihm von Gottes Barmherzigkeit und von der Liebe seines Sohnes zu den Menschen. Der Schlossherr aber wurde immer gelöster und stiller. Schließlich sagte Luitgard: „Lieber Herr, gebt mir alle Eure Sünden und nehmt meine guten Werke an ihrer statt.“ Denn sie wusste wohl, wo der Graf gefehlt hatte: Er hatte einmal einen unschuldigen Ritter ins Verderben gestürzt und leichtfertigen Umgang mit Frauen gepflegt. Je mehr Luitgard für sein Seelenheil betete, umso lichter und klarer stellte sich die Seele ihren Augen dar. Und sie wusste auch, dass Gott sich seiner erbarmen würde. Dann starb der Herr. Die selige Mutter und ihre Gefährtin sahen, wie sich die Seele vom Körper löste und wie eine goldfarbene Wolke aus dem Raum schwebte, in dem er lag.

Sie verließen die Stadt in der Absicht, eine andere aufzusuchen, denn sie waren oft wochenlang unterwegs. Sie gingen über ein weites Feld. Doch es kam Nebel auf, und sie konnten kaum noch etwas erkennen.

„Es sind noch zwei Meilen“, ermunterte Luitgard ihre Gefährtin. „Dann sind wir in der Stadt und können essen.“ Metzlin aber brach vor Hunger fast zusammen, so entkräftet war sie.

„Mir ist schon ganz übel, Mutter. Können wir denn nicht in der Nähe rasten?“

„Nimm dich zusammen! Wir sind doch bald da“, mahnte Luitgard. Als sie eine Weile gegangen waren und längst in der Stadt hätten ankommen müssen, stellten sie mit Entsetzen fest, dass sie im Kreis gelaufen waren. Der Nebel hatte sich noch immer nicht verzogen. Da begegnete ihnen ein Mann, den sie nach dem Weg fragten.

„Hättet ihr so wenig Wein getrunken wie ich, wüsstet ihr jetzt, wo ihr seid“, entgegnete der Mann schroff. „Trinkt das nächste Mal weniger, dann werdet ihr euch auch nicht verlaufen.“

Luitgard sah den Mann frohgemut an und antwortete: „Ihr habt recht gesprochen, mein Lieber. Gott lohne Euch deine Rede und sei ewig mit Euch.“

Sie stellten bald fest, dass sie sich wieder in der Stadt befanden, von der sie aufgebrochen waren.

Luitgard legte ihren Arm um die erschöpfte Begleiterin. „Nachdem wir also wieder hierhergeraten sind, sollten wir zu einer Frau zum Essen gehen, die weder Gott zuliebe noch um ihre Ehre viel geben mag.“

„Wenn du die Frau so gut kennst, liebe Mutter, sollten wir sie meiden, denn wir werden bei ihr kaum satt werden.“

„Gerade die, die uns nicht mögen, sind unsere Freunde im Herrn“, lächelte Luitgard. „Vielleicht wird ihr das kleine Almosen, das sie uns gibt, im künftigen Leben zugutekommen.“ Doch Metzlin dachte über die Worte nicht nach. Sie hörte ihren Magen knurren und grübelte, wie sie ihm zu seinem Recht verhelfen könne.

Sie gingen zu dem Haus der Frau, die Luitgard kannte. Es wurde ihnen lange nicht geöffnet. Schließlich erschien die Hausmagd. „Meine Herrin ist nicht zu Hause und folglich kann ich euch weder Essen noch Almosen geben.“

„Wenigstens ein Scheibchen Brot“, bettelte Metzlin. „Wir sind schon lange unterwegs und ganz ausgehungert.“
Die Magd kannte kein Erbarmen und wehrte die Besucher ab. Da kam die Frau herbei. Sie tat so, als ob sie gerade aus der Stadt gekommen sei. Mit größtem Bedauern sagte sie: „Meine Herrschaften, es tut mir leid. Aber wir haben schon gegessen und ich kann euch beim besten Willen nichts mehr vorsetzen.“
Luitgard sah die Frau durchdringend an. „Ihr sagt, Ihr hättet schon gegessen und könntet uns nichts geben. Ich sehe aber noch Fleisch, das hinter dem Ofen hängt. Tut Gott die Ehre an und teilt es mit uns. Ihr sollt auch mit uns essen. Ich lade Euch herzlich ein.“
Die Frau erschrak und wich ein paar Schritte zurück. Denn sie fühlte sich bei einer Lüge ertappt. Doch dann lud sie die Nonnen ins Haus und setzte ihnen das Fleisch vor, das Luitgard hinter dem Ofen hängend gesehen hatte. Als sie gegessen hatten, bedankten sich die Gäste. Luitgard wandte sich an die Hausfrau: „Eure Magd möchte sich wohl gern in die Hölle befördern und Euch mitnehmen, denn der Geiz frisst an Euch. Bedenkt, was ich gesagt habe, und erweist Gott die Ehre.“ Damit verabschiedeten sie sich herzlich und ließen eine nachdenkliche Frau zurück. Es geschah oft, dass Luitgard Menschen auf den Kopf zusagen konnte, wie es in ihrem Herzen aussah.
So kam sie einmal in das Haus einer Frau, die von daheim fortgelaufen war, denn sie hatte einer Nachbarin großen Schaden zugefügt, indem sie ihr nachts die Reben ihrer Weinstöcke abgeschnitten und selbst verwendet hatte. Der Hausherr, der von der Tat nichts wusste, lud Luitgard und ihre Begleiterin zum Essen ein. Während sie zu Tisch sa-

ßen, beobachtete Luitgard die Hausfrau und ahnte, dass sie an einer großen Schuld trug, darüber aber nicht sprechen wollte. Die würdige Mutter legte den Löffel beiseite, blickte in die Runde und sagte: „Ich sehe hier jemanden, der ein hochmütiges Herz hat. Wie will ein solcher Mensch vor Gott bestehen können, es sei denn, er tut Buße?"

Alle im Haus blickten sich entsetzt an und der Hausherr wurde ungehalten. „Was wollt Ihr damit sagen? Beleidigt nicht meine Hausgemeinschaft. Drückt Euch etwas genauer aus!"

„Sie meint mich", bekannte die Frau kleinlaut. „Ich habe Schuld auf mich geladen, ohne sie zu sühnen." Und sie bereute ihre Sünde, bat Luitgard, für sie zu beten, und trachtete danach, das Unrecht wiedergutzumachen. Als sich die beiden Nonnen verabschiedeten, folgte die Frau ihnen drei Wochen und wäre gern für immer bei ihnen geblieben.

Nicht alle Klöster, die Luitgard in der Hoffnung auf eine Unterstützung aufsuchte, lebten so, wie die Regel es vorschrieb. Manche Gemeinschaften führten einen sehr lockeren Lebenswandel, aßen Fleisch, tranken Wein und beteten nur zu ihnen genehmen Stunden. Luitgard ging mit einer Priorin hart ins Gericht und sagte: „Soll Euer Leben nicht nach von Gott gewollter Ordnung ausgerichtet sein? Was aber sehe ich? Seid Ihr ein Vorbild für die Schwestern, die Euch anvertraut sind? Es wäre besser, Ihr würdet das Vieh hüten, statt dieses Leben zu führen. Dabei tragt Ihr ein geistliches Gewand und einen Schleier! Alle, die hier wohnen, folgen Eurem Beispiel. Eine Schwester haust mit einem Mann, eine andere liegt auf Stroh, eine dritte hat ein Kind bekommen!"

Und sie nahm der Oberin den Schleier vom Haupt, weil sie nicht würdig war, ihn zu tragen. Die Nonnen aber erschraken, denn niemand hatte Luitgard erzählt, welche Missstände im Kloster herrschten. Sie gelobten, ihr Leben zu ändern und ihre Herzen allein Gott zuzuwenden.

Manchmal war es schwer, Luitgard zu erreichen, vor allem, wenn sie unterwegs war und niemand wusste, wo sie sich gerade aufhielt. Zuweilen schrieben die Mitschwestern ihr einen Brief, wenn eine wichtige Entscheidung anstand, die sie von sich aus nicht zu treffen wagten. Dann irrte der Bote oft eine ganze Woche umher, bis er die Nachricht aushändigen konnte. Einmal wandten sich ehrbare Leute an Luitgard, die ihre Tochter gern ins Kloster nach Wittichen geben wollten. Als der Briefbote nach langem Suchen in die Stadt kam, in der sie sich gerade aufhielt, wusste er jedoch nicht, in welchem Hause sie Unterschlupf gefunden hatte. Er eilte die Straßen auf und ab in der Hoffnung, dass sie gerade aus einer Tür herauskäme. Einer Eingebung folgend sagte Luitgard plötzlich zu ihrem Gastgeber: „Bitte, schaut auf die Straße. Dort ist ein Knecht mit einem Brief unterwegs. Sagt ihm, dass ich hier bin!“

Der Bote trat erschöpft ins Haus.

„Nun, mein Lieber, was wollt Ihr?“, fragte Luitgard. Der Mann reichte ihr den Brief, doch bevor sie ihn öffnete, gab sie ihm schon die Antwort auf das, was darin stand. „Gott ist mit dieser jungen Frau. Bringt meinen Schwestern in Wittichen diese Botschaft: Sie sollen – das ist mein Wille – das Mädchen in ihre Obhut nehmen und für es sorgen.“

In einem anderen Falle befand sich die Mutter fern der Heimat in San Zenone in Tirol und hatte ihre Begleiterin nach Hause geschickt, wartete jedoch inständig auf ihre Rückkehr. In dem Hause, in dem sie zu Gast war, lebte eine junge Frau, die schon lange nichts mehr von ihrem Bruder in der Lombardei gehört hatte. „Ich weiß nicht, lebt er noch oder ist er tot?“, klagte sie. „Die Ungewissheit bringt mich noch um den Verstand.“

Oberin Luitgard legte beschwichtigend ihre Hand auf den Arm der besorgten Frau. „Seid nur ganz ruhig, liebes Kind. Wisset, so sicher, wie meine Weggenossin heute noch zu der Zeit kommt, zu der wir zu Tisch sitzen, so sicher lebt Euer Bruder. Ihr werdet ihn gesund und munter wiedersehen.“

Im Augenblick, als man essen wollte, ging Luitgard ans Fenster und schaute hinaus. Und siehe, da stand ihre Weggefährtin an der Tür.

Eines Morgens waren sie sehr früh aufgestanden. Der Nebel hing noch wie Watte in den Zweigen der Bäume und sie konnten nicht weit genug sehen. Sie mussten einen Fluss überqueren, wussten jedoch nicht, wo sich eine Brücke oder eine Furt befand. Sie wollten ein Dorf aufsuchen, in der Hoffnung, dass die Leute noch nicht an ihr Tagewerk gegangen waren. Sie gingen und gingen. Luitgards Begleiterin wurde angst und bange – und mit einem Male befanden sie sich jenseits des Wassers. „Wie konnte das geschehen?“, fragte Metzlin überrascht. „Ich habe weder eine Brücke noch einen Steg gesehen, über die wir gegangen sind.“

„Mein liebes Kind“, erwiderte Luitgard, „schweig und geh weiter und lobe Gott, denn er wirkt der Menschen wegen viele Wunder.“

Als sie auf dem Weg in die nächste größere Stadt waren, blies die Kälte sie an. Luitgard und ihre Gefährtin trugen nichts weiter als ihr dünnes Ordensgewand, ohne Mantel und Schal. Metzlin litt sehr unter dem Frost, denn sie war noch nicht so abgehärtet wie ihre Oberin. Da kam ein Pilger des Weges, der noch ärmer gekleidet war als sie, und er ging eine Weile mit ihnen. Er hatte nur eine kurze Jacke an, die am Saum und an den Ärmeln ausgefranst war. Er war zudem so dünn, dass man seine Rippen zählen konnte.

„Sieh diesen Mann“, sagte Luitgard. „Ist er nicht viel dürftiger gekleidet als wir? Und doch erhält Gott auch ihn. Wir sollten demütig sein und die Kälte aus Liebe zu ihm ertragen.“

Sie fuhren ein Stück mit dem Schiff, und der Pilger schloss sich ihnen an.

„Was hältst du davon, wenn wir dem Mann um St. Martins willen zwei Pfennige geben?“, fragte Luitgard ihre Begleiterin. Die stimmte zu. Als sie das Schiff verließen und sie den Pilger fragten, wohin er nun gehe wolle, zuckte er mit den Schultern und sagte, er wisse es nicht, eine Herberge könne er sich nicht leisten, aber vielleicht finde er ja Aufnahme im Spital.

Da sagte die gute Mutter: „Bleib bei uns, mein Sohn! Der Herr, der mich erhält, wird auch dich erhalten.“

In der Stadt aber verloren sie sich aus den Augen. Sie gingen ins Spital, doch dort fanden sie den Pilger nicht, und auch in den Straßen war er nicht aufzutreiben. Sie suchten überall nach ihm – doch vergebens. Da kamen sie zu der Überzeugung, dass Gott ihnen in der Gestalt des Pilgers begegnet war und sie den Herrn hatten trösten müssen.

9

LEISE ERSCHÖPFUNG

Luitgard, mit den Jahren ebenfalls kränklich und erschöpft, war untröstlich, dass ihr Kloster immer noch keine Anerkennung gefunden hatte und dass sie ihren Schwestern nicht die gleichen Privilegien einräumen konnte, die andere Ordensleute genossen. Da sie kein eigenes Vermögen besaß und auch keine Freunde, die sie unterstützten, blieb ihr kein anderer Ausweg, als die ermüdenden Bettelgänge fortzusetzen. So entschloss sie sich, die ungarische Königin Agnes aufzusuchen, die im Kloster Königsfelden als Nonne lebte.

Königsfelden lag im späteren Schweizer Kanton Aargau und war 1308 von den Habsburgern, deren Stammsitz sich etwa zwei Kilometer südwestlich von Windisch befand, gegründet worden. In jenem Jahr am 1. Mai hatte Herzog Johann von Schwaben König Albrecht I. unweit des Übergangs über die Reuss ermordet. Die Königinwitwe Elisabeth von Görz-Tirol stiftete zum Gedächtnis an dieses dunkle Ereignis das Klarissenkloster Königsfelden. Ihm war für die Seelsorge ein kleiner Franziskanerkonvent angegliedert. Seit 1311 wirkten die Mönche an diesem Ort, die Nonnen folgten ein Jahr darauf.

Agnes, die älteste Tochter König Albrechts und Witwe des ungarischen Königs Andreas III., war 1317 ins Kloster eingetreten, ohne jedoch die Gelübde abzulegen. Durch Landzukäufe und wirtschaftliches Geschick brachte sie das Kloster zur Blüte. Sie gab auch das Startzeichen zum Bau der Klosterkirche im Stil der Architektur der Bettelorden. Agnes muss eine geschätzte Diplomatin gewesen sein, denn sie stand ihrem Bruder, dem Herzog Albrecht II., als habsburgische Repräsentantin in den österreichischen Vorlanden zur Seite und vermittelte in zahlreichen Konflikten, etwa im Landfrieden zwischen den Städten Bern und Freiburg im Üechtland in den Jahren 1333 und 1340.
Der gute Ruf der Königinwitwe war sicher auch bis in der Schwarzwald gedrungen, sodass sich Luitgard Hoffnung auf Unterstützung ihres Anliegens machte. Die ehemalige Königin empfing die Oberin von Wittichen jedoch recht ungnädig. Nachdem Luitgard ihr die Entstehungsgeschichte ihrer Gründung erläutert und vom entbehrungsreichen Leben im Kloster berichtet hatte, sagte sie: „Ich kann Euer Werk nicht unterstützen, denn es wird nicht von Dauer sein. Ihr bietet nicht die Voraussetzungen zum Gedeihen und zur Entwicklung wie andere klösterliche Niederlassungen, so ganz ohne Förderung und Protektion. Wenn ich ganz sicher wüsste, ob Gott es ist, der dieses Werk durch Euch wirken möchte, könnte ich mich zur Hilfe durchringen. Aber so? Also, gebt mir Beweise, dass Euer Haus mit Gottes Hilfe Bestand hat – dann kommt wieder."
Luitgard verließ Königsfelden schweren Herzens und wusste sich keinen Rat mehr. Sie suchte manche gelehrte Menschen auf und erzählte ihnen, dass sie die Hilfe des Papstes benötige, doch sie erntete nur Hohn und Spott. Sie war

wohl vierzehn Wochen unterwegs, um sich von hohen Herren raten zu lassen, doch niemand nahm ihr das schwere Sorgenbündel ab, das sie trug. Wie stets in schweren Stunden suchte die Oberin ihre Zuflucht im ausdauernden Gebet. Auch ihre Begleiterin hieß sie unermüdlich Gott um Hilfe anflehen. Da führte der Herr sie in das Haus eines Priesters, den sie demütig bat, er möge sie um Gottes willen anhören.

„Was habt Ihr in Eurer Mission erlebt? Wo seid Ihr schon überall gewesen?“

Stundenlang konnte Luitgard berichten, von herzlicher Aufnahme und herber Abfuhr, von den Strapazen und Bedrohungen unterwegs, von freudigen Gebern und giftigen Spöttern. Aber auch die göttliche Führung ließ sie nicht aus, nicht das Zusammentreffen mit noch ärmeren Menschen, in denen sie dem leidenden Heiland begegnete. Als Luitgard auch von der Unterredung mit der Königin Agnes und von ihrer Ablehnung berichtete, nahm der Geistliche einen großen Bogen Papier und schrieb auf, was ihr die selige Mutter erzählte. Er dokumentierte die Baugeschichte auf das Genaueste, zeichnete die Konturen und Pläne bis in alle Einzelheiten auf und gab so ein anschauliches Bild von dem mühsam entstandenen Kloster.

„Alles, was Ihr mir anvertraut habt, kann vor Gott und vor der Wahrheit bestehen. Deshalb werde ich an die Königinwitwe schreiben und ihr den Sachverhalt ausführlich schildern. Ich weiß, dass Agnes von Ungarn über gute Kontakte zum Papst verfügt. Bringen wir sie auf unsere Seite, so wird sie uns ihre Hilfe nicht versagen und dem Heiligen Vater die Anerkennung und die Unterstützung Eures Klosters empfehlen.“

Es war Luitgard nicht zu viel, den Brief persönlich nach Königsfelden zu bringen. Als sie das Dokument gelesen hatte, war die Königin ihr überaus freundlich zugetan. Als wenn ihr Gott die Augen geöffnet hätte, erkannte sie, dass der Himmel sich eines schwachen Menschenkindes bediente, um ein großes Werk zu vollenden.
„Ich will Euch raten und helfen und nach besten Kräften unterstützen“, versicherte die Königin beim Abschied.

Die Bettelei war damit noch nicht zu Ende. Als Luitgard einmal in Begleitung einer ihrer Schwestern in der Stadt Tiengen zwischen Waldshut und Schaffhausen um Almosen bat, verhielten sich die Menschen besonders abweisend. Sie gaben ihr nicht mehr Brot als im Wert von drei oder fünf Hellern. Die beiden Frauen waren recht müde und rasteten. Sie wussten nicht, was sie tun sollten. Sie klopften an mehreren Häusern an, doch nirgends wollte man sie beherbergen. Sie versuchten es im Haus eines Ritters, wurden jedoch auch dort abgewiesen. „Man sieht in uns überall nur Nichtsnutze und Habenichtse“, wehklagte ihre Begleiterin, doch Luitgard ließ sich nicht abwimmeln. Sie kehrte zum zweiten Mal in das Haus des Ritters ein und bat um der Liebe Christi willen um ein Nachtlager. Doch die Bewohner ließen sich nicht erweichen.
„Ist es nicht genug, dass wir Euch einmal weggeschickt haben? Müssen wir Euch zum zweiten Mal die Tür weisen? Ihr wisst, dass Ihr hier nicht bleiben könnt. Also, geht und lasst Euch hier nicht mehr sehen!“
Die gute Mutter aber wich nicht von der Schwelle.
„Hört, der Hausherr ist nicht zu Hause. Wenn er aber kommt und findet Euch hier, so wird er Euch die Stiege

hinabwerfen, weil Ihr unserem Befehl nicht gehorcht habt."

Da wurde es der Begleitschwester angst und bange und sie drängte ihre Oberin, zu gehen.

Luitgard fragte: „Was für ein Mann ist Euer Herr? War er im Ausland unterwegs?"

„O ja, er ist zur See gefahren", lautete die Antwort der Türsteherin.

„So weiß er, wie es ist, wenn man in der Fremde weilt", sagte Luitgard. „Menschen wie er haben Verständnis für die, deren Heimat die Fremde ist." Und zu ihrer Begleitung gewandt rief Luitgard fröhlich: „Leg Mantel und Sack ab und setz dich zu mir ans Feuer. Dort werden wir warten, bis der Herr kommt."

Die Gattin des Hausherrn und die anderen Frauen wollten widersprechen und sie am Sitzen hindern. Doch die gute Mutter beruhigte sie und sagte, dass sie auf die Gnade des Herrn hoffe und am Feuer ausharren werde. Da wurden die Bediensteten zornig, sie schimpften, nahmen eine drohende Haltung an und hätten die Gäste am liebsten die Treppe hinuntergeworfen.

Mitten in der Nacht kam der Ritter nach Hause. Luitgards Begleiterin rang die Hände und wartete darauf, die Stiege hinabgestoßen zu werden. Der Ritter aber erkundigte sich: „Was sind das für Leute?" Seine Dienerschaft wollte sich rechtfertigen und erklären, sie trügen keine Schuld, dass die ungebetenen Gäste sich am Feuer aufhielten.

„Mein Herr", entschuldigte sich Luitgard, „ich bin eine Nonne aus dem Schwarzwald und habe mit Gottes Beistand ein Klösterle gebaut, für das ich den Unterhalt zusammenbettle. Ich bin nun in Euer Haus gekommen und rechne mit Eurer Gnade. Ihr habt eine liebenswerte und tugendhafte Frau, denn sie wollte uns nicht behalten ohne Eure Zustimmung. Dann erfuhr ich, dass Ihr in fremden Landen gewesen seid, und wusste, dass jemand, der die Heimat so lange hat entbehren müssen, mildtätig und verständnisvoll ist gegenüber Menschen in ähnlicher Lage."

Der Ritter knurrte in seinen Bart, doch dann erhellte sich seine Miene und er bat seine Gäste, wieder Platz zu nehmen. Dann ließ er Kissen und Decken herbeibringen und ihnen in Nähe des Feuers ein Nachtlager richten. Dann befahl er, Brot und seinen besten Wein aufzutragen, und als er den Wein kostete, rief er: „Das ist nicht der Wein, den ich wollte!" Dann verlangte er einen anderen Krug. Aber auch diesmal war er ungehalten, denn er herrschte den Diener an: „Bring mir den besten Wein, den ich habe!" Beim dritten Mal endlich war er zufrieden. Darauf gebot er den Frauen, für die Gäste aufs Beste zu sorgen und sie mit allem Nötigen zu versehen. Die Dienerinnen waren kleinlaut, da sie so unwirsch und abweisend gegenüber den Nonnen gewesen waren und weil das Beispiel ihres Herrn sie beschämte.

Das Geschlecht derer von Krenkingen muss ein stolzes gewesen sein und vielleicht hat die Haltung auch auf das Städtchen Tiengen abgefärbt. Als eines Tages Kaiser Friedrich Barbarossa mit seinem Gefolge durch die Straßen ritt, blieb der Baron ganz ruhig auf dem Stuhl vor seinem Haus sitzen und lüftete, als der Herrscher an ihm vorüberritt, nur ein wenig sein Barett. Der Kaiser wunderte sich über dieses an Respektlosigkeit grenzende Benehmen und ließ den Freiherrn fragen, warum er ihm nicht mehr Ehre erweise. Der Herr von Krenkingen erwiderte: „Ich bin der Herr die-

ses Ortes, ein freier Mann, der weder vom Kaiser noch von sonst jemandem ein Lehen erhalten hat. Ich erkenne zwar den Kaiser als meinen Oberherrn an, nicht aber als den Herrn meiner Güter." Als Friedrich Rotbart das hörte, erwiderte er mit freundlichem Blick: „Ein so vortrefflicher Edelmann muss uns und dem Reich erhalten bleiben. Wir verleihen Euch die Rechte, in Eurer Stadt Tiengen goldene Münzen mit dem Bild des Kaisers zu prägen."
Von dieser so ausgezeichneten und gastlichen Stätte machten sich die Schwestern am nächsten Morgen auf den Weg zum Kloster Berau. Der Ort war bereits 786 als „villa parauva" erwähnt worden und war im Besitz des Klosters St. Gallen. 1108 hatte Gottfried von Berau die Besitztümer mit allen Rechten der Abtei St. Blasien vermacht, deren Mönch er zuvor geworden war. 1117 war in Berau ein Nonnenkloster mit einer Propstei entstanden. Als Luitgard mit Begleitung dort erschien, war das Kloster schon zweimal abgebrannt, nämlich 1188 und 1267. Es sollte nicht das letzte Feuer gewesen sein.

Da die Wege im Mittelalter durch viele Räuberbanden gefährdet waren, die selbst Ordensfrauen nicht verschonten, blieb es nicht aus, dass auch Luitgard und ihre Begleiterin ihnen eines Tages in die Hände fielen. War das erste Zusammentreffen noch glimpflich abgelaufen, so kamen sie doch bald in wirkliche Gefahr. Als Luitgard und ihre Begleiterin nun durch einen finsteren Wald gingen, stürzten sechs Halunken auf sie zu. Die gottselige Mutter blieb aber ganz ruhig und grüßte sie. „Meine lieben Freunde, woher kommt ihr und was habt ihr vor? Ich danke Gott, dass er uns zu euch geführt hat."

„Ho, ho!“, rief einer, dem eine tiefe Narbe das Gesicht verunstaltet hatte, „tust du so einfältig oder bist du es wirklich? Es ist gewiss keine Freude, mit uns Bekanntschaft zu machen.“
„Ihr könnt euch wirklich freuen, dass ihr den Weg zu uns gefunden habt. Und ihr werdet gleich erfahren, warum“, feixte ein anderer, und alle kreischten und johlten, dass den Schwestern ein Schauder über den Rücken lief.
„Ihr seid wirklich mutig!“, rief ein kleinwüchsiger und schmächtiger Kerl, den sie Lumpenbübel nannten, weil er in abgerissener Kleidung steckte, die der Lumpensammler vergessen hatte. „Wisst ihr nicht, was einer Nonne geschah, die vor einiger Zeit hier durch den Wald kam? Dasselbe wird nun auch mit euch geschehen.“
Einer machte sich an Luitgard heran und die anderen bedrängten das vor Angst schlotternde Metzlin. Sie zwickten sie in die Arme, traten ihr auf die Füße, zogen an ihrem Schleier und kniffen ihr in die Nase. Dabei fluchten und schrien sie, als ob der ganze Wald ihnen gehöre und sie niemanden zu fürchten hätten. Die Schwestern beteten insgeheim, Gott möge sie eines plötzlichen Todes sterben lassen. Obwohl das Treiben immer heftiger und roher wurde, versuchte Luitgard gelassen zu bleiben und den frechen Worten der Schurken mit Freundlichkeit zu begegnen.
„So arg könnt ihr es gar nicht treiben, dass wir vor euch Angst hätten“, bluffte sie. „Ich halte euch nämlich für biedere Leute, die uns gar nichts antun wollen, sondern nur so tun. Es ist gut, dass wir euch hier im finsteren Tann angetroffen haben. Denn ihr würdet uns beschützen, wenn uns Gefahr drohte.“
„Beschützen? Wir euch?“, stutzte ein Räuber, und sein gewaltiges Lachen erschütterte den Wald.

„Sagt euer letztes Gebet, dann fahrt zur Hölle und haltet uns einen Platz warm!“, meinte ein anderer der Halunken mit einem Grinsen, „wir können euch, nachdem ihr unser Versteck entdeckt und unsere Gesichter gesehen habt, nicht entkommen lassen.“ Er zog sein Messer und prüfte die Schneide mit dem Daumen.
„Bitte, lasst uns am Leben, wir werden auch niemandem sagen, dass wir euch kennen!“, flehte Metzlin, doch ein erneutes Gelächter war die Antwort.
Schließlich gebot der Mann mit der Narbe Ruhe. „Ich habe über etwas nachgedacht. Diese Schwester hat gesagt, dass wir sie wohl beschützen würden, wenn Gefahr drohe.“
„Die hat eine herrliche Einbildung!“
„Still! Wisst ihr, was das heißt?“ Schweigen war die Antwort. „Nun, jemand, der meint, dass er in Gefahr beschützt wird, der hat Vertrauen, oder nicht? Ich habe schon lange niemanden mehr getroffen, der mir vertraut. Wer vertraut euch, he?“
Wieder schwieg die finstere Gesellschaft.
„Worauf willst du hinaus?“, fragte schließlich jemand aus der Bande.
„Diese Nonne da rührt an meine Ehre“, sagte der Mann mit der Narbe. „Weil sie mir vertraut. Ich für meinen Teil werde ihr nichts tun.“ Er blickte in die Runde und machte ein stolzes, fast triumphierendes Gesicht.
„Du spinnst!“, rief der Räuber, der das Messer geprüft hatte. „Sie haben, wie ich bemerken konnte, einen Geldbeutel dabei. Den werden wir uns nicht entgehen lassen.“
„Ja, ja, nehmt das Geld, aber lasst uns in Ruhe!“, rief Metzlin, doch Luitgard hielt sie zurück.
„Ja, wir haben etwas Geld, ein Beutelchen voller Almosen.

Wir haben sie auf unserer beschwerlichen Reise an vielen Orten gesammelt, um unser Kloster im Schwarzwald damit zu unterhalten. Aber die Hälfte des Geldes geben wir unterwegs wieder aus, zum Beispiel, wenn wir auf Bettler treffen oder auf Kranke, die kein Spital aufsuchen können. Wenn ihr den Bettlern und Kranken also schaden wollt, so sagt es. Dann gebe ich die Heller gern."
„Verdammt", knurrte der Mann mit dem ausgefransten Gewand, „die macht es einem nicht leicht, denn wir können doch denen nichts nehmen, die anderen Bedürftigen helfen."
Die Räuber steckten die Köpfe zusammen und beratschlagten, was zu tun sei. Zwei meinten, Geld sei Geld und es sei einerlei, von wem es stamme. Doch der Mann mit der Narbe widersprach entschieden. „Wir haben beschlossen, nur reiche Kaufleute und Edelherren zu überfallen, an diese Abmachung werde ich mich halten."
„Und die Nonne neulich?"
„Das war eine wohlhabende Äbtissin, wenn ich nicht irre. Diese Schwester hier ist aber eine arme Klostervorsteherin und die andere ein armes Hascherl."
Der Räuber, der die Klinge geprüft hatte, steckte sein Messer wieder ein. „Wenn ihr uns versprecht, dieses Versteck nicht zu verraten und nur rühmlich von uns zu reden, so könnt ihr gehen. Erzählt überall, dass ihr auf uns gestoßen seid, wir euch aber nichts angetan haben. Das wird unseren schlechten Ruf in dieser Gegend und sicher auch beim Herrn von Krenkingen etwas mindern."
„Nein, die Leute werden sagen, es sei ein Wunder geschehen", rief ein anderer, „weil sie heil aus dem Wald gekommen sind."

Der Narbenmann wandte sich an Luitgard und dankte ihr für das Vertrauen, das sie in ihn gesetzt habe. „Es hat schon eine Ewigkeit niemand mehr so zu mir gesprochen und meinem Schutz vertraut. Denkt gelegentlich an mich, Schwester, und betet ein ‚Vaterunser', wenn Ihr euch meiner erinnert."

„Ich verspreche es", lächelte Luitgard, und begleitet von den guten Wünschen der Räuberbande zogen sie ihres Weges. Sie beeilten sich, aus dem Wald hinauszukommen, bevor die Strolche möglicherweise ihre Gesinnung änderten.

Als sie schließlich ihr Ziel erreicht hatten, begannen sie zu singen und waren recht gut gelaunt. Die anderen aber wunderten sich und hielten ihr Benehmen für unschicklich. Da erzählten sie, was ihnen widerfahren war, und die Nonnen sahen darin ein großes Zeichen des Himmels, dass sie den Mördern und Banditen entkommen waren. Metzlin aber wies die blauen Flecken an Armen und Beinen vor, die sie von den Kniffen und Püffen der Männer davongetragen hatte. Da erkannten sie erst recht, in welcher Gefahr sie gewesen waren und wie Gott sie aus dem Elend herausgeführt hatte. Seither betete Luitgard immer wieder für sie.

Nach Jahren erblickte die gottesfürchtige Mutter die Räuber unter anderen Menschen wieder. Sie hatten dem wilden Leben abgeschworen, sich bekehrt und waren ehrbare Bürger geworden.

Der Name Luitgard stammte nach einer zweiten Version aus dem Althochdeutschen und bedeutete „Beschützerin des Volkes". Denn „luit" hieß in der altertümlichen Form „Leute" oder „Glieder eines Volkes" und „gard" war gleichbedeutend mit „Schutz". Viele Leute empfanden sie tatsächlich als Schutz, Schutz nicht im Sinne vor Übergriffen, sondern sie baute durch ihre Gebete für sie gleichsam einen Schutzwall gegen die Anfechtungen und Versuchungen des Bösen auf. Das Böse hatte für viele Menschen noch eine greifbare Form, die sich in der schrecklichen Gestalt des Teufels zeigte. Luitgard konnte ihn in ihren Visionen sehen, so wie sie ja auch einen Blick in das Fegefeuer tun durfte und in die Seelen der Lebenden und Toten.

Damals verfügten viele Klosterfrauen über die Gabe des Zweiten Gesichtes. Oft war sie ein Segen, manchmal aber auch ein Fluch. Einmal wurde Luitgard von einer inneren Stimme zu einer Nonne im Kloster Bülach zwischen Schaffhausen und Zürich gelenkt, die der Bewegung der „Gottesfreunde" angehörte. Gemeinsam beteten sie und tauschten ihre Gedanken über die Entwicklung der Christenheit aus. Sie sahen, dass es um den Glauben nicht allerorten gut stand. Sie redeten und beteten sich in eine solche Ekstase hinein, dass sie drei Tage ohne Speis und Trank waren und am Ende wie leblos zusammenbrachen. Sie entwarfen ein Bild von einem „Himmlischen Hof", ähnlich dem, wie die Menschheit auf Erden in einer hofähnlichen Gemeinschaft zusammenlebte. Sie regten an, jährlich tausend „Vaterunser", „Ave Maria" und „Ehre sei dem Vater" zu beten, Messen zu stiften oder tausend Arme zu speisen, je nach Wunsch und Vermögen. So kam man auf die Zahl vierunddreißigtausend, gemessen an vierunddreißig Lebensjahren Jesu, das Jahr der Empfängnis Marias durch den Heiligen Geist mitgerechnet. Viele Menschen folgten dieser Anregung, viele lehnten sie jedoch auch ab, weil sie sich dazu außerstande sahen. Luitgard machte auch ihr Kloster damit vertraut, und noch im 17. Jahrhundert soll diese Regel bestanden haben.

Als diese Gebetsübung der würdigen Mutter offenbart wurde, sah sie Jesus am Kreuz. Aus allen Wunden floss Blut. Sie sah aber auch, wie sich dieses Blut in Gnadenströme verwandelte, die vielen Menschen zugutekamen. Das Gebet, so lehrte die Vision, bedeutet Rettung und Heil.
In einer anderen Vision sah Mutter Luitgard eine Säule aus Marmor, die vom Boden bis an die Wolken reichte und durchsichtig wie Kristall war. Die Säule hatte vier Röhren wie Wasserspeier, aus denen die Menschen trinken konnten. Die Säule war das Symbol für Jesus Christus, durch dessen Kreuzestod die Menschheit erlöst wurde. Das Wasser symbolisierte die Ströme der Gnade, die denen zugutekamen, die davon tranken.
Als sie wieder einmal bei Königin Agnes in Königsfelden weilte und sich mit der früheren Monarchin unterhielt, stockte Luitgard plötzlich der Atem. Ihr Gesicht wurde bleich und sie sank wie erschlagen auf ihren Stuhl zurück.
„Was habt Ihr? Ist Euch nicht wohl?“, fragte Königin Agnes.
„Ach, in diesem Augenblick steht mein Kloster in Flammen“, jammerte Luitgard, „es wird gänzlich niederbrennen.“
„Wie – könnt Ihr das Unglück sehen?“
Die Oberin nickte. Ihr Einsatz von Jahren war vernichtet.
Sogleich schickte die Königin einen Boten ins Wittichener Tal, der, als er endlich zurück war, das Unglück bestätigte und vom Elend der Schwestern sprach.
Königin Agnes aber war von der Anwesenheit Gottes im Leben der Ordensfrau so überwältigt, dass sie ihr sofort ihre Hilfe anbot und ihr nicht nur Geld gab, sondern auch einige Liegenschaften in der Umgebung von Königsfelden auf ihren Namen übertrug.

Nach dem Brand von 1327 entstand ihre Niederlassung schöner, größer und stattlicher als zuvor, dank der Summen, die Königin Agnes von Ungarn stiftete. Sie spendete reichlich und ließ sich das Kloster etwas kosten. Auch die Herren von Geroldseck ließen sich nicht lumpen. So übertrugen Graf Georg von Veldenz und Walter von Geroldseck am 21. Oktober 1327 den Klosterfrauen das Patronatsrecht über ihre Kirche auf dem Rossberg. Das Gelände, auf dem das Kloster Wittichen entstanden war, gehörte inzwischen nämlich zu ihrem Besitz, nachdem es zuvor Eigentum der Abtei Alpirsbach gewesen war. Die Grafen verbanden damit die Hoffnung, dass die Nonnen für das Seelenheil der hochherrschaftlichen Familie und das ihrer Vorfahren beteten.
Das Haus Geroldseck – immer wieder spendabel – ließ sich jedoch das Vogtei- und Schirmrecht des Klosters bestätigen. 1330 erfolgte die feierliche Wiedereinweihung des abgebrannten Gotteshauses und der Klostergebäude. Zum Glück ließ nun auch die päpstliche Approbation nicht mehr länger auf sich warten, was zu einer wachsenden Bedeutung des Klosters führte, denn mit dem Besuch der Menschen war auch ein Ablass verbunden und der Wallfahrtsstrom nahm merklich zu. Zugleich mehrten sich die frommen Stiftungen, die Einnahmen wuchsen, sodass das Kloster aus seiner bedürftigen Lage allmählich hinauswuchs.
So erhielt das Kloster 1331 von Walter von Geroldseck das Patronatsrecht über die Pfarrei Schenkenzell. Klosterangestellte und das Dienstpersonal, für das sonst die jeweilige Heimatpfarrei zuständig war, sollten von jetzt an die Gottesdienste der Klosterkirche besuchen. 1339 erwarb Wittichen auch das Begräbnisrecht – wer wollte, konnte

sich auf dem Klosterfriedhof bestatten lassen. Wer kann das Glück der seligen Mutter ermessen, als sie sich am Ziel ihrer Wünsche befand. Doch blieb ihr keine Zeit, die Hände in den Schoß zu legen. Die Erhaltung und Vertiefung des geistlichen Lebens im Kloster erforderte immer wieder ihre Kraft.

Luitgard war von den vielen Bettelreisen erschöpft und ausgelaugt. Hinzu kam das kärgliche Leben, das sie sich selbst auferlegte. Mangel und Armut sollten die Richtlinien ihres Lebens sein. Daran hat sie sich immer gehalten. So war sie immer mit einer kleinen Ecke für sich im Kloster zufrieden. Sie besaß kein eigenes Bett, wollte auch im eigenen Hause nicht mehr sein als ein frommer Gast. Kam Luitgard von einer langen Reise heim und hörte sie schon von Weitem das Glöckchen zur Messe läuten, so ruhte sie sich nicht etwa aus, sondern sie schloss sich ihren Schwestern an und besuchte den Gottesdienst, so müde sie auch war. Manchmal brach sie während einer Betrachtung zusammen, weil eine Vision über sie kam und Gott ihr Dinge anvertraute, über die sie noch im Zustand der Entrückung mit ihren Schwestern sprach. Wenn sie dann aber wieder ganz bei Bewusstsein war, wusste sie oft nicht, was sie gesagt hatte.

Zur Zeit der seligen Luitgard lebte in Bombach, südöstlich von Kenzingen im Breisgau, ein armer Priester mit Namen Berchtoldus. Er gab später Auskunft über das Lebenszeugnis der Ordensfrau und verfasste eine Biografie über sie. Er hat die Anfangsschwierigkeiten der Klostergründung miterlebt und entsann sich genau der vielen Hindernisse und Hemmnisse, mit denen die Gründerin zu kämpfen hatte. Damals befand sich niemand unter den Geistlichen und weltlichen Vertretern, ob gelehrt oder ungebildet, der nicht einen Grund zum Spotten fand. Wie konnte es eine einfache Ordensfrau wagen, ohne Vermögen, ohne Zuspruch, nur auf die vermeintliche Stimme Gottes hörend, mitten in der Wildnis ein Kloster zu planen? Doch es lag ein unbezahlbarer Schatz in ihr verborgen.

Mutter Luitgard vertraute sich dem Priester Berchtoldus an, und Berchtoldus hatte ein Gespür für ihre wahre Berufung. Er erkannte die große Gnade, mit der Gott in dieser Frau wirkte, und als er alles niederschrieb, was er in ihrer Nähe erlebt oder was sie ihm von sich und ihren Zwiesprachen mit Gott erzählt hatte, da enthielt sein Buch am Ende nicht den hundertsten Teil der Wunder, die Gott durch sie tat, so viele waren es im Laufe ihres Lebens.

Einmal klagte sie ihm, die Leute machten ihretwegen gar zu viel Aufhebens und sprächen zu viel von ihr, wo doch Gott der Mittelpunkt des Lebens sein müsse. Berchtoldus antwortete ihr, das sei wohl wahr, doch mehr wundere es ihn, dass die Menschen für sie arbeiteten und ihr Geld liehen, wo sie doch keine Sicherung bieten könne und auch keine Erben habe. Luitgard lächelte nur und sagte: „Lieber Meister, mein Gott und Herr, der die Leute so töricht macht, dass sie mir etwas leihen, derselbe Gott soll an meiner statt dafür sorgen, wie den Leuten vergolten wird. Ich will mich deshalb nicht grämen. Wenn mir jemand nichts mehr leihen will, wird's ihm Gott dennoch vergelten." Ihr Glaube an Gottes Hilfe war felsenfest, die Gewissheit seines Wirkens für sie unerschütterlich.

Einmal hörte Luitgard von einer Bäuerin im badischen Oberland, die niemandem ein Almosen verweigere und den Armen wenigstens ein Stück Brot gebe. Doch die gute Frau starb und ihr Mann heiratete ein zweites Mal. Die zweite Frau begehrte zu wissen, wie viel die erste Frau aus dem Hausschatz weggegeben hatte. Deshalb legte sie, sooft jemand an ihre Tür kam und bettelte, ein Almosen in Form eines Brotstückens in einen Kasten, doch dem Bittsteller gab sie nicht mehr als ein „Helf dir Gott“ auf den Weg. Nach einem Jahr war der Almosenkasten bis an den Rand gefüllt. Stolz wollte sie nun ihrem Mann beweisen, wie viel seine erste Frau an die Armen verschwendet hatte, doch als sie den Deckel des Kastens öffnete, waren nur Kröten und Schlangen darin. Darüber erschrak das Ehepaar, die Bäuerin ging in sich und erkannte ihre Schuld.

Im Jahre 1290 kam eine große Hungersnot über das Land und die ohnehin armen Leute hatten noch weniger zu essen als sonst. Viele Bauern schlachteten ihr Vieh, um zu überleben, und das Korn wurde rar. Nicht nur im Schwarzwald herrschte Mangel. Weite Teile des übrigen Europa litten unter den Veränderungen in der Natur, die auf eine Abkühlung des Klimas zurückzuführen waren. Später bezeichnete man diese Epoche als „Kleine Eiszeit“, die vier Jahrzehnte anhielt. Zwischen 1290 und 1348 war der Weizen knapp, 1314 bis 1317 waren in ganz Nordeuropa Hungerjahre, 1346 und 1347 herrschte Hunger in Süd- und Nordeuropa. In italienischen Städten traten Seuchen auf. Sie waren Vorboten einer noch schlimmeren Zeit.

Nicht überall äußerte sich die Not so wie bei den armen Leuten. Bei seinem Besuch auf der Weißenburg 1303 hatte man dem Bischof von Zeitz zum Beispiel folgendes Menü aufgetragen: Erster Gang: Eiersuppe mit Safran, Pfefferkörnern und Honig; geriebene Hirse; Hammel und Zwiebeln; Brathuhn und Damaszenerpflaumen. Zweiter Gang: in Öl gebackene Brasse; Stockfisch mit Öl und Rosinen; gekochter Aal mit Pfeffer; geröstete rote Heringe mit Senf. Dritter Gang: saurer Fisch, gebackene Barbe; kleine in Schmalz und schwarzem Rettich durchbackene Vögel; Schweinepfoten mit Gurken.

Zu jener Zeit glaubte man, während der Christmette würden die Apfelbäume blühen und noch in derselben Nacht Frucht tragen. Um zwölf Uhr würde aus dem Brunnen Wein statt Wasser fließen, und in den Ställen würde das Vieh auf den Knien liegen und beten. Man meinte auch, dass die Tiere wüssten, was sich im neuen Jahr ereignen werde, und würden darüber miteinander reden. Und es wurden grausige Geschichten erzählt von Menschen, die daran gezweifelt hatten.

Ein Mann aus Freiburg, so hieß es, glaubte nicht an die Überlieferung, und um Gewissheit zu haben, legte er sich in seinem Stall unter die Krippe. Zwischen Elf und Zwölf tauschten sich die Pferde aus: „Dieses Jahr müssen wir unseren Herrn auf den Kirchhof bringen." Der Mann erschrak über diese Nachricht so sehr, dass er nach einiger Zeit erkrankte und starb. Ein Bauer, der sich davon überzeugen wollte, dass in der Christnacht um Zwölf die großen Stiere reden, hatte einer anderen Geschichte zufolge ebenfalls den Stall aufgesucht. Nach Zwölf sagte der eine Stier zum anderen: „Horn, Horn, was tue mer morn?" Der andere Stier erwiderte: „De Bur ins Grab ziehe." Der Bauer erschrak und wurde zornig. Er holte eine Axt herbei, um das Tier zu töten. Versehentlich verwundete er sich aber selbst und starb. Außerdem wurde von einigen Frauen berichtet, die zu Silvester zusammenkamen. Eine sagte: „Heute Nacht um Zwölf können die Kühe miteinander reden. Wir wollen sie belauschen." Ein Mann hörte, was die Frauen vorhatten. Er ging in seinen Stall und versteckte sich unter der Futterkrippe. Als es Zwölf schlug, begann eine Kuh wahrhaftig zu reden: „Morgen wird es den Herrn totschlagen." Der verängstigte Bauer rannte aus dem Stall und begab sich in sein Zimmer. Aus Furcht, es könne ihm etwas zustoßen, verließ er den ganzen Tag nicht den Hof, sondern las in einem seiner schönen Bücher. Da fiel plötzlich aus dem Regal über ihm ein schweres, eisenbeschlagenes Buch herab und traf ihn im Genick.

10

GÖTTLICHER WILLE

Kurz vor Weihnachten besuchte Luitgard ihren Priester und Beichtvater Berchthold von Bombach, und der Geistliche lud sie zum Essen ein. Sie kamen auch auf die Zukunft des Klosters zu sprechen.

„Ich weiß wohl, gute Mutter, dass ihr kein Getreide mehr habt. Wie wollen du und deine Schwestern diese schweren Zeiten überstehen?"

Luitgard sagte: „Mein Herr, schaut auf diesen Tisch, an dem wir sitzen. So wenig wie aus diesem dürren Holz Blumen sprießen können – es sei denn, es geschehe ein Wunderzeichen –, so wenig kann Wittichen unter den jetzigen Verhältnissen bis Ostern bestehen bleiben. Wir werden in der Hungersnot untergehen."

„Macht dir das keine Sorge, ehrwürdige Mutter, dass du so ruhig bei diesen Worten bleibst?"

„Gott hat mich gezwungen, die Schwestern in seinem Namen zu sammeln und bei mir aufzunehmen. Wenn es sein Wille ist, so wird er es fügen, dass wir wieder auseinandergehen. Ich will mich dagegen nicht auflehnen, sondern will in meinem Herzen zufrieden sein. Doch will ich alles tun, was mir möglich ist, dass wir alle beieinander bleiben."

Darauf meinte der Geistliche: „Es mag wohl sein, gute Mutter, dass ihr alle beieinanderbleibt, solange du lebst. Was aber wird geschehen, wenn der Herr dich abberuft? Ich sehe wohl, was du für deine Mitschwestern bewirkst. Was aber wird nach deinem Tode sein? Ich fürchte, die Klostergemeinschaft wird auseinandergehen müssen."
Luitgard sah dem Priester in die Augen. „Ich bitte Euch, denkt nach meinem Tod an meine Worte, falls Ihr mich überlebt: Ihr sollt wissen, dass dieses Kloster immer arm sein wird, denn darum habe ich Gott gebeten. Die Armut wird immer unser Hausgenosse sein. Ihr sollt aber auch wissen, dass ich meine Schwestern so versorgen will, dass sie das Lebensnotwendige, wenn ich gestorben bin, besser haben als zu meinen Lebzeiten."
Berchthold von Bombach erinnerte sich später an diese Worte und schrieb in seiner Biografie über Luitgard nieder, dass es den Schwestern von Wittichen in ihrem einfachen Leben tatsächlich besser ging als zur Zeit ihrer Gründerin. Und er fügte hinzu: „Alles, was den Kindern zu Wittichen, die jetzt dort sind oder später noch hinzukommen, Gutes von der Welt geschieht, das wirkt Gott durch die Menschen um der großen Minne willen, die die selige Mutter zu Gott hatte. Wie sie die Mutter dieser Kinder war in diesem Leben, so ist sie auch in der Ewigkeit die Mutter derselben Kinder und all derer, die ihr je Gutes taten in Wort und Werk."

War der „Schwarze Tod" – die Pest – eine Strafe Gottes für die Verfehlungen der Menschen? Rächte sich Gott für die vielen Sünden, die sichtbar oder im Verborgenen begangen wurden, für die Eroberungszüge machtgieriger Potentaten,

die Frevel der Gotteslästerungen, die falschen Eide, die Diebstähle und Morde, die unterlassenen Gebete? Ließ er die Menschheit untergehen wie zur Zeit der Arche Noah oder der Städte Sodom und Gomorra? Wie eine Welle der Vernichtung breitete sich die tödliche Krankheit aus, überrollte den Kontinent von Asien her und forderte zwischen 1347 – dem Todesjahr Luitgards – und 1353 wohl an die 25 000 000 Todesopfer – ein Drittel der damaligen europäischen Bevölkerung. Man sagt, die Pest sei mit dem Schiffsverkehr aus dem Kaiserreich China nach Europa gelangt. Ganze Landstriche wurden ausgerottet, andere wiederum verschont oder nur mäßig betroffen. In Deutschland soll jeder zehnte Einwohner sein Leben verloren haben, in Florenz musste jeweils einer von fünf in die Grube. In Süddeutschland schwang der „Schwarze Tod" die Sense weniger grausam als in anderen Regionen, doch forderte er auch hier seine Opfer. Waren Ratten die Auslöser des Untergangs, Flöhe oder Kleiderläuse?
Die Ausbreitungsgeschwindigkeit der Pest war nicht so groß, dass man vor ihr nicht hätte davonlaufen können – wenn man gewusst hätte, wohin. Zwanzig Kilometer pro Woche dehnte sie sich aus, diese „große Pestilenz", dieses „große Sterben". Niemand wusste, wie man der gewaltigen Seuche begegnen konnte. Auch die Theologie nicht, die neben der Philosophie an den Universitäten doch eine große Rolle spielte. Den Naturwissenschaften wurde zu wenig Aufmerksamkeit geschenkt. Die chemischen Kenntnisse, die man um 1300 besaß, waren von Alchemie bestimmt, die Astronomie erschöpfte sich in astrologischen Aussagen und Wahrsagungen.
Das medizinische Wissen war begrenzt, man verstand we-

der die Ursachen von Krankheiten noch hatte man geeignete Behandlungsformen anzubieten. Gebet und Sühne predigten die Theologen, Quarantäne die Ärzte, während die noch Gesunden aus den Krankheitsgebieten flüchteten und die Suche nach den Sündenböcken begann. Kulturelle Randgruppen der mittelalterlichen Gesellschaft wurden zu „Sündenböcken" gestempelt. Es kam zu zahlreichen Judenpogromen, die zum Beispiel Papst Clemens VI. 1348 in Avignon auf das Heftigste verurteilte. Die Verfolgung war zum Teil durch die Behauptung, die Juden hätten durch „Brunnenvergiftung" die Pest verbreitet, ausgelöst worden. Der Papst appellierte an die Geistlichen, die Juden unter Schutz zu stellen. Außerdem verbot er, Juden auszuplündern oder ohne Gerichtsverfahren zu töten, was in der Realität für manche Schuldner bedeutete, sich unliebsamer Gläubiger zu entledigen. Doch die päpstlichen Forderungen fanden außerhalb der damaligen Residenzstadt Avignon kaum Gehör.

Jemand, der ebenfalls für den Schutz der Juden eintrat, war Albrecht II. von Österreich, dem Königin Agnes von Ungarn eine treue Ratgeberin war und die den Klosterbau Luitgards von Wittichen schließlich doch gefördert und die päpstliche Anerkennung in die Wege geleitet hatte. Obgleich viele Menschen die Pest als Gottesstrafe ansahen, war die Religion auch Stütze und Trost. Es entstanden religiöse Bewegungen, die „Flagellanten" zogen sich geißelnd durch Städte wie Freiburg, Köln, Augsburg und Nürnberg. Bittgottesdienste und Bußprozessionen mehrten sich. Der hl. Rochus, Patron der Pestkranken, stand im Mittelpunkt der Verehrung. Auf manchen Bildnissen war er mit einem Hund abgebildet, der sich dem frommen Mann in der

Gegend von Piacenze zugesellt hatte, als Rochus, selbst vom Pestpfeil getroffen, in einer abgelegenen Holzhütte im Walde sterbenskrank daniederlag und niemand ihn pflegen wollte. Wie vielen leidenden Menschen hatte er gedient! In der Lombardei, in Rom – wohin er gekommen war, kümmerte er sich um die Kranken, die an der entsetzlichen Seuche dahinsiechten. Die Spitäler waren längst überfüllt, die Holzpritschen und Notbetten standen selbst in den Gängen. Viele Patienten lagen daheim auf ihren Strohschütten, verlassen von denen, die sich noch gesund fühlten und die sich nicht in die Nähe ihrer Angehörigen trauten. Rochus war zu ihnen gegangen. Er ermunterte die Fiebernden und tröstete die Sterbenden, er reichte ihnen die Speisen und betupfte ihnen die heiße Stirn mit erfrischendem Wasser. Angst vor der Ansteckung kannte er nicht.

Doch als die Pest schließlich ihre gefürchteten Krallenhände nach ihm ausstreckte, war Rochus allein. Da ergab er sich seinem Schicksal im Vertrauen auf Gottes Beistand. Gott sandte einen Engel, der seine Wunden pflegte, und ließ eine Quelle sprudeln, damit er seinen Fieberdurst an dem heilkräftigen Wasser stillte. An jedem Tag erschien ein Jagdhund, der ein Brot im Maul trug, womit Rochus sich ernährte. Seither blieb das Tier ein treuer Gefährte des Heiligen, der von allen Menschen verlassen worden war.

„Wir wollen darüber schweigen, dass ein Bürger den anderen mied, dass fast kein Nachbar für den anderen sorgte und sich selbst Verwandte gar nicht oder nur selten und dann nur von Weitem sahen“, schrieb Boccaccio, der den Pestausbruch in Florenz erlebte. „Die fürchterliche Heimsuchung hatte eine solche Verwirrung in den Herzen der Männer und Frauen gestiftet, dass ein Bruder den anderen, der Onkel den Neffen, die Schwester den Bruder und oft die Frau den Ehemann verließ; ja, was noch merkwürdiger und schier unglaublich scheint: Vater und Mutter scheuten sich, nach ihren Kindern zu sehen und sie zu pflegen – als ob sie nicht die ihren wären ... Viele starben, die, wenn man sich um sie gekümmert hätte, wohl wieder genesen wären. Aber wegen des Fehlens ordentlicher, für den Kranken nötiger Pflege und wegen der Macht der Pest war die Zahl derer, die Tag und Nacht starben, so groß, dass es Schaudern erregte, davon zu hören, geschweige denn, es mitzuerleben."

Luitgard, mit der Gabe oder dem Fluch der Vorausschau befähigt, sagte kurz vor ihrem Tod ein gewaltiges Erdbeben voraus. Tatsächlich trat dieses Ereignis im darauffolgenden Jahr ein und erschütterte die Menschen in Mitteleuropa. Damals sollen allein in der Oberrheinebene, in Württemberg sowie im Bodenseeraum ungefähr zehntausend Menschen den Tod gefunden haben. In der Chronik heißt es: „Es war ein halbes Jahr nach dem Tode der Seligen, an des hl. Apostels Pauli Bekehrungstag, da die Sonne hell und heiter schien bis nach dem Geläut zur Vesper, hat sich jählings der Himmel zugezogen und ist ein solches Erdbeben entstanden, dergleichen vom Leiden Christi an weder gehört noch gesehen worden ist. Wir haben beobachtet, wie hohe, gemauerte Gebäude sich überaus stark bewegt und die gläsernen Scheiben solcher Erschütterung halber ein großes Klappern gemacht haben, die Bäume in den Wäldern und sonstigen Orten gegeneinander gestoßen, die Wässer aus ihren Gestaden getreten sind. Sonst reine und lautere Quellen sind auf einmal trüb geworden. Die Menschen klagten über Kopfschmerzen, irrten mitten auf dem

Wege und taumelten gleich Unsinnigen herum. Überdies hörten wir, wie die Glocken auf den Kirchtürmen zufolge solcher Bewegung angeschlagen und von selbst geläutet haben."
Luitgard hatte auch den „Schwarzen Tod" vorausgesehen, der 1349 sein todbringendes Regiment antrat. Die Pest erreichte auch das Kinzigtal. In Wittichen und Kaltbrunn forderte sie ihre Opfer. Vorher hatten die Nonnen vor dem Altar der Klosterkirche inständig um Abwehr der Seuche gebetet. Doch bald standen viele Wohnungen entlang des Wittichener Tals und des Kaltbrunner Bachs leer. Es war hier wie überall: Niemand wagte sich mehr aus dem Haus, die Familienmitglieder, die noch gesund waren, lagen auf den Knien und beteten und hofften, dass die Pestilenz an ihnen vorübergehen möge.

Es war am 16. Oktober des Jahres 1347, dem St.-Gallus-Tag, als Luitgard im Frieden Gottes heimging in die Ewigkeit. Zwanzig Jahre hatte sie in Oberwolfach gewirkt und zuletzt das Amt der Oberin bekleidet, fünfundzwanzig Jahre stand sie dem Kloster Wittichen in gleicher Funktion vor. Die Sorgen und Mühen, die unentwegten Bettelreisen, die Misserfolge und Rückschläge, die sie um ihre Niederlassung hatte hinnehmen müssen, aber in der sicheren Gewissheit um Gottes Beistand ertragen hatte, setzten dem Leben der Ordensfrau siebenundfünfzigjährig ein Ende.
Als Luitgard ahnte, dass ihr letztes Stündchen gekommen war, versammelte sie ihre Schwestern um sich, ließ jede an ihre Bettstatt treten und verabschiedete sich von ihr. Einige Nonnen, vor allem die, die sie auf ihren Bettelreisen begleitet hatten, knieten auf dem Boden und weinten. Andere

beteten still das „Miserere“, das sie im Laufe ihres Ordenslebens so oft gesprochen hatten. Draußen vor dem Fenster stand der Herbst im vollen Licht des Tages und überschüttete den Wald mit seinen Farben. Ein paar Rehe wagten sich trotz der Helligkeit bis auf die Wiese hinter dem Klostergarten heran und ästen.
„Heute ist ein Glückstag, kein Trauertag“, tröstete die Oberin ihre Lieben. „Heute habe ich meinen zweiten Geburtstag. Das ist ein Grund zum Feiern.“
Doch niemandem war nach Fröhlichkeit zumute. Luitgard lag ausgestreckt auf ihrem Laken. Jetzt sah man deutlich die Krümmung ihres Halses, unter der sie in der Kindheit gelitten hatte. Einige Schwestern erinnerte ihr Anblick an die Haltung Jesu am Kreuz, als er in der Stunde des Todes sein Haupt neigte. Luitgard war nicht immer bei Bewusstsein. Oft schlief sie oder hatte die Augen im Wachzustand geschlossen. Wenn ihre Kräfte zurückkehrten, richtete sie das Wort an die Schwesternschar, ermunterte sie zur Treue gegenüber Gott
„Ich weiß dieses Kloster in guten Händen“, flüsterte sie, „denn der Herr, der es erbaut hat, wird es ebenso wunderbar erhalten. Aber ihr müsst das Eurige dazu tun und Gott nach Kräften unterstützen. Wir haben stets im Elend gelebt, allein ausgestattet mit dem Dürftigsten. Es hat uns genügt. Nach mir wird eine Zeit kommen, in dem das Kloster aufblühen wird. Die Versuchung, dem Reichtum zu erliegen, ist groß. Bleibt bescheiden, meine Lieben, so wie wir zusammen bescheiden gelebt haben. Was dem Kloster an Gütern zugewiesen wird, ist zu seinem äußeren Erhalt gedacht, damit niemand mehr Bettelgänge unternehmen muss. Das geistige Leben aber soll so fortgeführt werden,

wie wir es bisher gepflegt haben und wie es die Schwestern des hl. Franziskus, die Klarissen, tun. Betet, meine Schwestern, betet viel. Das Gebet ist das Fundament des Lebens."
Die Zeit schien in diesem Augenblick stillzustehen, so erhaben war der Augenblick. Der Nachmittag ging sanft in den Abend und in die Dämmerung über. Die Sonne war längst hinter der Höhe verschwunden, die heute Silberberg heißt. Nur ein paar Strahlen erhellten rötlich die Tannenwipfel. Die Nonnen beteten noch immer am Sterbebett ihrer Gründerin. Als die Abendglocke zu läuten begann, hauchte Luitgard ihr Leben aus.
Der heilige Gallus, an dessen Gedenktag Luitgard starb, ist sicher nicht zufällig der Missionar gewesen, der der Bodenseeregion und dem südlichen Schwarzwald die Botschaft Christi verkündet hatte. Um 550 geboren, gehörte er zu den Studenten des hl. Columban in Bangor und zu den zwölf Gefährten, die mit ihrem Lehrer 591 Irland verließen, um zunächst in Frankreich und später bei den Alemannen zu missionieren. Gallus leistete mit seinen sprachlichen Fähigkeiten gute Dienste, vor allem, als Columban am Bodensee ein Kloster gründete. Eines Tages fühlte sich Gallus – der auch Gall gerufen wurde – krank, er hatte Fieber, doch Columban glaubte ihm nicht und warf ihm vor, zu simulieren. Er sagte: „Bevor ich weiterziehe, befehle ich dir, es nicht zu wagen, die heilige Messe zu feiern, jedenfalls nicht, solange ich auf dieser Erde weile." Solche harten Worte hatte Columban seinem Freund bisher nicht gesagt und sie schmerzten Gallus. Doch der wortgewandte Prediger verkündete mit Erlaubnis der örtlichen Herrscher segensreich das Evangelium. Gallus war außerdem ein erfolgreicher Angler. Deshalb errichtete er seine Zelle vorsorglich

am oberen Lauf des Flusses Steinach. Zum Zeitpunkt seines Todes um 640 hatten Gallus und seine Mitstreiter das gesamte Gebiet der heutigen Schweiz und des Bodenseegebietes missioniert. Das Kloster und die Stadt St. Gallen tragen nach ihm ihren Namen. Columban versöhnte sich mit seinem Freund vor seinem Tod, und beiden schieden in Freundschaft und Frieden voneinander.
Schon bald nach dem Tode der gottgefälligen Oberin riefen die Menschen des Kinzigtales und der weiteren Umgebung sie um ihre Hilfe an. Von überall her kamen die Leute zu ihrem Grab, um sie um Unterstützung in ihren Anliegen vor Gott zu bitten. Zahlreiche Geschichten ranken sich darum. So wird etwa berichtet, 1356 sei Hand Kriess von Rottenburg am Neckar am Abend des Allerheiligentages nach Wittichen gekommen. Er hatte ein Pfund Kerzenwachs dabei, das er im Namen seiner Frau der Klostergründerin für ihre Vermittlung vor Gott stiften wollte. Denn seine Frau war schwanger, doch sie wurde krank und niemand gab mehr etwas für ihr Leben. Nachdem der Ehemann die Wallfahrt gelobt hatte, gebar die Frau ein gesundes Kind.
Eine Frau aus Alpirsbach schwor auf die selige Ordensstifterin, denn alles, um was sie sie gebeten hatte, ging in Erfüllung. Jedes Jahr zog sie sich ein einfaches Wollkleid an und ging barfuß nach Wittichen. Das machte sie dreißig Jahre, weil Luitgard ihr einmal aus schwerer Not geholfen hatte.
Eine in Rottenburg beheimatete Frau hatte zweimal eine Fehlgeburt erlitten. Nachdem sie das Grab der seligen Mutter aufgesucht hatte, brachte sie ein gesundes drittes Kind zur Welt. Nach sieben Wochen kam sie mit ihrem Kind

abermals nach Wittichen. Diesmal bat sie jedoch um Hilfe für ihren Mann, dem jemand nach dem Leben trachtete. Sie rief Luitgard um die Gelegenheit an, ihren bedrohten Mann zu warnen. In der Tat kam der Gemahl gesund nach Hause zurück, ohne dass seine Feinde ihn auch nur gesehen hatten.
Eine Frau aus Nagold wallfahrtete ebenfalls ins Kloster Wittichen. Sie hatte zwei Fehlgeburten gehabt, doch nach der Wallfahrt kam das dritte Kind gesund zur Welt und sie lobte Gott. Ebenfalls erschien eine Frau aus Sulz mit ähnlichen Problemen. Sie schenkte einem Kind das Leben, das jedoch nicht größer als eine Faust war. Doch es lebte. Seither kam die Frau jedes Jahr wieder, denn sobald sie sich schwanger fühlte, gab sie nicht eher Ruhe, als bis sie die Wallfahrt unternommen hatte.
Der Wagner aus Kaltbrunn litt unter einem Geschwür am Kopf. Fast fürchtete er um seinen Verstand. Er gelobte zu Ehren der Mutter Luitgard eine lebendige Opfergabe. Das Geschwür öffnete sich, der Eiter floss durch das Ohr ab. Er versprach, Luitgard zu ehren, solange er lebe. Eine Frau litt unter grässlichen Schmerzen wegen ihres aufgedunsenen Leibes und konnte vierzehn Nächte nicht schlafen. Arzneien versagten ihren Dienst. Dann machte sie der lieben Mutter Luitgard ein Gelöbnis und noch in derselben Nacht legten sich die Schmerzen und der Körper nahm seine normale Gestalt an. Am Nikolaustag kam sie nach Wittichen und besuchte alle Gottesdienste. Die Wallfahrt dorthin unternahm sie mit großer Andacht.
Eine andere Frau erschien am gleichen Tag und löste ihr Versprechen ein. Sie berichtete, sie habe zwei Monate lang auf einer Seite große Schmerzen gehabt, dass sie sich wie

ein Tier auf dem Boden gewälzt habe. Alle Arzneien hätten nichts geholfen. Da riet man ihr, eine Wallfahrt zur seligen Luitgard zu machen. Während sie noch darüber nachdachte und sich gleichzeitig vor Schmerzen nicht retten konnte, entschloss sie sich spontan zu dem Gang ins Kloster. Sogleich ging es ihr besser. Sie trat die Reise an und war genesen. Eine Frau aus dem württembergischen Erzingen hatte vier Fehlgeburten. Auch ihr riet man, sie solle zum Grab Luitgards gehen, was sie auch tat. Das Kind, das sie unter dem Herzen trug, kam gesund auf die Welt. Später gebar sie noch zwei weitere Kinder.
Im Jahr 1357 kamen allein in der Zeit von Ostern bis zum Nikolaustag vierundsechzig Menschen nach Wittichen, die hier große Gnaden empfingen. An ihnen tat Luitgard offenkundig Wunderzeichen, über die die Betroffenen dankbar berichteten. Ein Junge fiel in ein Messer, das ihm durch die Kehle drang und er wie tot umfiel. Seine Familie gelobte eine Wallfahrt und der Junge konnte gerettet werden. Seither besuchte er das Kloster regelmäßig, um so seinem Dank Ausdruck zu verleihen. Und er versicherte, immer wenn er die selige Luitgard anriefe, bliebe er nicht ohne ihre Hilfe.
Eine andere Frau aus Sulz gebar drei tote Kinder. Nachdem sie eine Wallfahrt nach Wittichen gemacht hatte, wurden alle folgenden Kinder lebend geboren. Ein fünfjähriges Kind vertrug keine Helligkeit. Das Tageslicht war ihm zuwider. Nachdem ihm keine Hilfe hatte zuteilwerden können, beschlossen seine Eltern, das Grab der verehrten Stifterin aufzusuchen. Seither konnte das Kind das Sonnenlicht ohne Einschränkung schauen.
In dem Dorf Rötenbach im Oberamt Oberndorf lag ein Kind in der Wiege und sollte von einem anderen Kind gehütet

werden. Das Wiegenkind begann zu weinen, weil es Hunger hatte. Da gab ihm das andere Kind eine harte Birne zu essen, von dem ein Stück im Hals stecken blieb. Es drohte zu ersticken. Als die Eltern nach Hause kamen, war es schon blau angelaufen. Da versprachen sie der seligen Luitgard eine Wallfahrt, wenn sie das Kind rette. In diesem Augenblick begann das Wiegenkind zu husten und das Birnenstück fiel heraus.

In Nüneck im Oberamt Freudenstadt war ein Junge auf das Dach eines Hauses gestiegen und herabgefallen. Da er sich nicht mehr rührte, hielt man ihn für tot. In dem Augenblick, als die Eltern auf Rat der Nachbarn eine Pilgerfahrt nach Wittichen gelobten, regte sich das Kind.

Es waren auffällig viele Frauen, meist werdende Mütter, die zum Grab Luitgards nach Wittichen pilgerten. Entweder verlief die Schwangerschaft nicht normal oder sie hatten Fehlgeburten. Einmal pilgerte auch eine Frau, die ein ganzes Jahr eine Totgeburt in ihrem Leib mit sich herumtrug, an den Gnadenort, denn sie wusste nicht, wie sie das tote Kind aus ihrem Leib entfernen konnte. Nach der Wallfahrt fühlte sie sich so gestärkt und voller Kraft, dass sie einen Arzt bat, ihr den Leib aufzuschneiden und die abgestorbene Frucht herauszunehmen. Das gelang und stellte für die damalige Zeit einen ungewöhnlichen und lebensbedrohlichen chirurgischen Eingriff dar. In der Stadt Weil war ein Schmied zum Tode durch den Galgen verurteilt worden. Auf dem Weg zur Hinrichtung rief er in äußerster Not die selige Luitgard an und versprach ihr alle Jahre eine Wallfahrt, wenn sie ihn vor dem Tode errette. Er kam frei und erfüllte sein Gelübde.

11

RÜCKSCHLÄGE UND NEUBEGINN

Mit dem Tode der seligen Luitgard und den zahlreichen Wunderheilungen ist die Geschichte des Klosters Wittichen natürlich noch nicht zu Ende. Es erlebte wie viele klösterliche Niederlassungen im Laufe seiner Geschichte Phasen des Wachstums, der Stagnation und des Niedergangs, doch hat es sich bis zur Säkularisation im Jahre 1802 segensreich behaupten können. Das genaue Todesjahr der gottseligen Oberin ist unbekannt. Es sind sowohl 1347 als auch 1348 oder 1349 im Gespräch, doch ist der St.-Gallus-Tag, der 16. Oktober, als Tag ihres Heimgangs wohl unbestritten. Schon bald nach ihrem Tod übertrug Bischof Ulrich von Konstanz am 5. Dezember 1350 dem Kloster die Einkünfte von Schenkenzell, dessen Patronatsrechte Wittichen seit 1331 besaß. Weitere Übertragungen schlossen sich an. 1376 wurde der Konvent in den Orden der hl. Klara aufgenommen. Nach einer Verfügung von Papst Gregor IX. durfte die Oberin in Zukunft den Titel Äbtissin führen; er unterstellte das Kloster dem Schutz der Bischöfe von Konstanz. Sein Nachfolger Bonifatius IX. behielt sich selbst die Oberhoheit über die Niederlassung der Klarissen vor. Das 14. Jahrhundert und Phasen des nächsten bildeten zweifelsfrei die Blütezeit des Klosters, denn Kaiser Sigismund stellte auf dem Konstanzer Konzil einen Schutzbrief für das Kloster aus, womit eine Zollfreiheit im gesamten Reichsgebiet verbunden war, und Papst Martin V. gewährte Wittichen einen hunderttägigen Ablass für jene Christen, die das Grab der Stifterin besuchten. Das Kloster erhielt auch einige Reliquien aus Jerusalem, was seine Wertschätzung bei den Gläubigen vermehrte.

Mehr als eineinhalb Jahrhunderte war Wittichen mit den Geroldseckern verbunden, die 1327 die Schirmvogtei über das Kloster und das Patronatsrecht der Gotteshäuser von Schenkenzell und auf dem Rossberg angetreten hatten. 1481 ging die Schutzherrschaft über das Kloster auf die Fürstenberger über. 1512 gab Provinzial Georg Hoffmann eine neue strenge Klosterordnung bekannt. Die Bauernkriege machten auch dem Kloster zu schaffen, denn es musste nicht nur um seine Güter in Württemberg bangen, sondern sich auch vor dem Überfall der sogenannten „Ortenauer“ und „Alpirsbacher Haufen“ fürchten, die das Tal der Kinzig unsicher machten. Doch es kam zu keinen größeren Schäden.

Als die Reformation sich auch im Schwarzwald ausbreitete, fasste die neue Lehre durch den „wilden Grafen“ Wilhelm von Fürstenberg 1540 auch im Kinzigtal Fuß und somit auch in Wittichen. Die bisher vom *Schaffner* verwalteten Einnahmen des Klosters aus seinem Besitz in Rottweil, Hochmössingen, Horb, Gengenbach, Lahr, Straßburg, Villingen und Brugg kassierte fortan der Landesherr, der die Präfekturen und *Schaffneien* auflöste und die Gelder zweckentfremdete. In Wittichen residierte fortan der protestantische Prädikant Jakob Gyr. Die Schwestern mussten ihr Ordenkleid ablegen. Falls sie sich von ihrem Gelübde nicht trennen und keine Ehe eingehen wollten, so erhielten sie die bei der Profess eingezahlte Mitgift zurück sowie 200 Gulden Entschädigung.

Das Kloster blieb von den Auseinandersetzungen der damaligen Zeit also nicht verschont und das Lebenswerk Mutter Luitgards schien zeitweise vernichtet. Nach der Wiedereinführung des katholischen Glaubens durch Graf Friedrich von Fürstenberg war der Niedergang zunächst nicht aufzuhalten. Damals trat auch die in der Reformationszeit entstandene Bewegung der „Wiedertäufer" auf, die die Kindertaufe ablehnte. 1557 waren alle Ordensfrauen bis auf zwei vertrieben, eine Ausnahme bildete die Äbtissin Agnes Berner, die den Klosterbetrieb aufrechterhielt. Im Jahre 1559 kehrten die zerstreut lebenden Schwestern in ihr Mutterhaus zurück. Doch noch dreimal, 1620, 1624 und 1632, mussten sie im Zuge des Dreißigjährigen Krieges vor den Schweden das Weite suchen, wobei den Plünderern beim letzten Mal das wertvolle Klosterinventar in die Hände fiel. Zweimal brandschatzten die Feinde die Klostergebäude, einmal löste ein Kaminbrand eine Brandkatastrophe aus.

Doch immer wieder entstand Wittichen neu. Es kam immer wieder zu weiteren Rückschlägen, die mal der Regierungsgewalt, mal dem geistlichen Leben im Kloster angelastet werden müssen. Zwar unterstand das Kloster nun der Verfügungsgewalt des Papstes, nicht einmal der Bischof oder eine andere kirchliche Obrigkeit durfte eingreifen, doch Rom war fern und die Fürstenberger pochten auf der Schutzherrschaft über das *Monasterium*, waren die Klostereinkünfte doch zeitweise noch recht groß.

Um die Gebäude sah es damals schlimm aus, und die Korrespondenz aus jenen Tagen zwischen dem Landesherrn und seinem örtlichen Verwalter sowie mit den geistlichen Vertretern war mit zahlreichen Beschwerden, Vorschlägen und Maßnahmen angefüllt. Das änderte sich, als Wilhelm von Fürstenbergs Bruder Friedrich, ein Katholik, die Herrschaft über das Haus Fürstenberg antrat. Um den Konvent zu stützen, sorgte der Provinzial des Barfüßlerordens aus Überlingen, Jodokus Schüßler, schließlich für die Aufnahme von Schwestern aus dem Klarissenkloster Valduna bei Feldkirch in Vorarlberg. Die Schwestern Magdalena Schurn als Meisterin oder Äbtissin und Lucia Fröhlich bewirkten eine geistige Wiederbelebung, die allerdings zu Spannungen mit zwei verbliebenen Schwestern führte und auch nicht sofort umgesetzt werden konnte, sich vielmehr noch – von neuen Schwierigkeiten unterbrochen – über lange Zeit hinzog. Die Ordensregel wurde straffer gefasst, die Vorschriften strenger ausgelegt und schließlich auch befolgt.
Wittichen war ein kleines getreues Spiegelbild der großen Ereignisse auf der politischen Weltbühne. 1585 schlich sich sogar ein falscher Mönch in das Kloster ein, der aus Prag stammte und sich Bonaventura de Aquila nannte. Er gab vor, im Auftrag des Bischofs die Klosterkasse revidieren und einige Maßnahmen im Kloster durchführen zu müssen. Die misstrauischen Nonnen und ihre Meisterin Barbara Katz widersetzten sich der Revision so lange, bis Provinzial Jodokus Schüßler dem Spuk ein Ende machte. Der Hexenwahn machte auch vor der Ortenau, dem Kinzigtal und dem Kloster Wittichen nicht halt. 74 Frauen beendeten ihr Leben auf den Scheiterhaufen oder in den Folterkellern. Auch ins Kloster drang der fehlgeleitete Glaube und wurde einer Nonne mit Namen Renate fast zum Verhängnis.

Mitten in den Dreißigjährigen Krieg fiel ein entscheidendes Datum für Wittichen. Am 12. April 1629 erhob der Franziskanerpater Johann Ludwig a Musis die Gebeine der Gründerin Luitgard. Obgleich der Sarg in feuchter Erde steckte und die Gebeine größtenteils zerfallen waren, stellte man in der Kopfschale das unverweste Gehirn der Seligen sicher – ein für Ärzte unerklärbares Phänomen. Dieses „Wunder“ bewirkte, dass die Wallfahrt von Neuem in Schwung kam und unzählige Menschen zum Grab der Seligen pilgerten.
Allerdings lösten die Gräuel des Krieges auch wieder Hungersnöte aus. Präparierte Ross- und Kuhhäute waren teuer. Sie wurden gesotten, gebraten und gegessen. Man bezahlte für einen Laib Brot einen Dukaten, für ein Viertel von einem Hund einen Gulden zwölf Kreuzer, für ein Ei einen Gulden, für eine Katze drei Gulden, für eine Ratte 30 Kreuzer. In Wittichen und Umgebung starben zwischen dem 3. Juni und 12. November 1639 etwa fünfhundert Menschen. Gegen Ende des Krieges suchten Witticher Nonnen Zuflucht bei den Benediktinern von St. Georgen/Villingen. Die geistige Erneuerung wurde 1654 bis 1657 durch den Konvent von Valduna fortgesetzt. Maria Ludovica Roth von Dillingen wurde Äbtissin von Wittichen. Nach einem weiteren Klosterbrand am 3. Juni 1663 entstand die heutige Klosterkirche unter der Anleitung von Pater Euprepes.
Im 18. Jahrhundert erlebte Kloster Wittichen noch einmal eine Blütezeit. Kaiser Franz Joseph I. bestätigte die früheren Privilegien und das geistige Leben konnte gedeihen, auch wenn es an Alltagssorgen nicht mangelte. Doch am 23. November 1802 erfolgte die wohl schwerwiegendste Zäsur. Die Säkularisation begann zu einem Zeitpunkt, als unter

der Äbtissin Coleta Baudendistel noch 22 Nonnen im Kloster lebten. Seit dem 8. August 1806 ist die Klosterkirche Pfarrkirche der Gemeinde Kaltbrunn. 1841 starb die letzte Ordensfrau – M. Antonia Schmid vom Roßberger Hof in Kaltbrunn.
In den Jahren 1855 bis 1857 fiel das Kloster der Spitzhacke zum Opfer, mit Ausnahme des noch heute bestehenden „Langen Baus", der heute das Pfarrhaus und den Gemeindesaal beherbergt, und des Klosterstalls mit einem Museum. Nach einer umfassenden Kirchenrenovierung in den Jahren 1964/65 übertrug am 1. August 1979 Fürst Joachim zu Fürstenberg die restliche Klosteranlage durch eine Schenkungsurkunde der Kirchengemeinde Wittichen. Beim Luitgardfest am 11. und 12. Oktober 1980 wurde die Einweihung zur großen Freude der Gemeinde vorgenommen.

WAS IST MYSTIK?

Mit dem Wort „Mystik“ kann unsere Zeit wenig anfangen. Es kommt auch im Sprachgebrauch unserer Kirche kaum noch vor. Es hängt ihm der Hauch von Versponnenheit und Lebensferne an. Dabei zeigt ein Blick in die Religionsgeschichte, dass die Mystik die Voraussetzung für die Entstehung aller Religionen oder ein Mittel zu deren Erneuerung war. Alle Religionsstifter waren Mystiker. Mystische Erfahrungen bilden gewissermaßen das geistige Fundament dessen, was entstehen soll. Ihre Wurzel im griechischen Wort „my.ein“ = Augen schließen, sich versenken deutet schon an, was Mystik ist: die Grundform religiösen Lebens, in der der Mensch sich so tief in das unerforschliche Geheimnis Gott zu versenken sucht, dass es gleichsam zu einer geistigen Schau, zu einer „unio mystica“, kommt. In dieser seelischen Vereinigung erfährt der Mensch eine Ahnung von der unbegreiflichen Größe und Allumfassenheit Gottes, zugleich aber wird ihm auch der Wille und Auftrag Gottes offenbar.

Luitgard von Wittichen war eine Mystikerin. Gott ließ sie während einer Messfeier wissen, was er von ihr erwartete – nämlich den Bau eines Klosters. Dieser mystischen Versenkung folgten weitere übersinnliche Erlebnisse. Die geistige Zwiesprache mit dem Herrn riss auch in den Folgejahren nicht ab.

Unsere rationale, verkopfte und nüchterne Welt tut sich

schwer, das Geheimnis der Mystik und die Sendung der Mystikerin und des Mystikers zu verstehen. Wie die Geschichte beweist, war das nicht immer so. Es ist heute nicht leicht vorstellbar, dass Gott sich Menschen auserwählt, um bestimmte Botschaften zu vermitteln, Entwicklungen zu beeinflussen oder einzuleiten. Wenn die wieder stärker spürbare Sehnsucht vieler Menschen von heute nach Innerlichkeit, nach seelischer Wärme ein verständlicher Wunsch ist, sollte die Vorstellung von der mystischen Vereinigung begnadeter Menschen mit Gott nicht länger fremd bleiben, denn alle über irdische Ziele hinausreichenden Hoffnungen und Sehnsüchte und alle Wege des Menschen enden in Gott.

NACHWORT

Wenn Menschen heute nach Vorbildern suchen, blicken sie selten in den Heiligenkalender. Sie orientieren sich an Schauspielern, Modemachern, Schlagersängern, Sportlern und vielleicht auch am Nachbarn, dessen Aktionen man kopiert, um mitreden zu können und „up to date“ zu sein. Heute misst man mit anderem Maß als zu Luitgards Zeiten. Das Auto ist eine wichtigere Größe als der Tugendgrad. Die Vergnügungsindustrie wird zur Richtschnur, nicht das meditative, in Stille auf Gott ausgerichtete Leben. Wenn man schon auf jemanden hört, dann auf die, die lauthals verkünden, was „in“ ist, nicht auf die Stimme des eigenen Herzens, die vielleicht etwas ganz anderes sagen möchte, aber nicht zu Wort kommt. Die Steuerung menschlicher Fähigkeiten vom Verstand und von der Intelligenz her – statt von Intuition und verlässlicher Eingebung – hat das Leben kalkulierbarer und berechenbarer gemacht.
Mit den Zeitgenossen von heute hätte die selige Luitgard gewiss ihre Schwierigkeiten. Denn das Talent des Hinhörens, des Sich-Versenkens, des Wahrnehmens und des Sich-danach-Ausrichtens ist den Menschen des 3. Jahrtausends weitgehend abhandengekommen.
Wenn heute jemand käme und sagte: „Gott hat mir aufgetragen, ein Kloster zu seiner Ehre zu bauen“, würde man ihn für verrückt halten und ihn bei hartnäckigem Beharren auf seinem Standpunkt möglicherweise in eine Klinik für

psychisch Kranke einweisen. Für Luitgard kam der Auftrag zum Klosterbau zwar überraschend und sie musste sich selbst und der Stimme Gottes sicher sein, doch dann begann sie mit der Ausführung, ohne zu fragen, wie sie den Bau finanzieren sollte, und ohne mit ihrem Schicksal zu hadern. Schwierigkeiten hatte sie genug, das zeigen ihre weiten Bettelwege.

Wie stark wirkt Gott doch in einem Menschen, der sich ganz auf ihn einlässt und der sich voll auf ihn ausrichtet. Nun könnte man argumentieren: Das war früher, das war in Zeiten, in der der Verstand noch nicht so ausgereift war, in der man die kalkulierbare Weitsicht und den praktischen Durchblick noch nicht so besaß wie heute. Damals konnte man sich auf Ahnungen, Eingebungen, Mutmaßungen verlassen. Heute gibt es die Technik, ein Instrumentarium, das präzise und verlässlich arbeitet und das Risiko gering hält.

Und doch glaube ich, dass es auch heute die „andere Schiene“ noch in uns gibt, die Form der anderen, der inneren Wahrnehmung und geistigen Aufnahme. Das Navigationsgerät heißt Gebet, Versenkung, Meditation, Askese. Klosterbauten werden von uns nicht verlangt, aber Mitmenschlichkeit, Anteilnahme, Fürsprache und das Teilen mit denen, die besitzlos sind. Die selige Luitgard kann durch ihr Lebensbeispiel gewiss zur Nachdenklichkeit auffordern und Anregungen für eine alternative und individuelle Form der Lebensgestaltung geben.

Der zweite Aspekt, den Luitgard deutlich macht, ist die Ehrfurcht vor dem ungeborenen Leben, die heute weitgehend abhandengekommen ist. Zwar widmet sich ärztliche Kunst hingebungsvoll den „Frühchen“, den vor der Zeit geborenen Säuglingen, und den krank auf die Welt gekom-

menen Kindern. Unter allen Umständen wird ihr Leben unter dem Aufgebot aller der modernen Medizin zur Verfügung stehenden Mittel und begleitet von der von den Medien gesteuerten Anteilnahme der Öffentlichkeit erhalten, doch das Gewissen um den oft unbedenklich zu Tausenden vollzogene Schwangerschaftsabbruch verkommt vor der legalen Form des Tötens im Mutterleib. Wer weiß noch, dass der belgische König Baudouin 1990 aus Gewissensgründen wegen der Freigabe der Abtreibung durch sein Parlament zeitweise von seinem Amt zurücktrat?
Die Vision Luitgards macht deutlich, dass Leben im Augenblick der Empfängnis beginnt und der Mensch nicht erst ab dem dritten Monat Mensch genannt werden darf. Hier gestattet sich die sogenannte moderne aufgeklärte Zivilisation trotz hohen Wissenstands unbedenklich einen gewissenlosen Handlungsspielraum, der in jetzt gebräuchlicher Weise dringend überdacht und reformiert werden muss.

Die frühere Klosterkirche Wittichen wird in den Jahren 2009 bis Ende 2010 abermals einer umfangreichen Renovierung unterzogen. Es werden u. a. das Deckengemälde, der Hochaltar und zwei Seitenaltäre restauriert sowie Arbeiten am Dach, an der Elektronik, an den Wänden und am Fußboden durchgeführt. Die Ausschreibungen für diese Maßnahmen übernimmt das Erzbischöfliche Bauamt Freiburg. Die Gesamtkosten werden auf 870 000 EUR veranschlagt. Davon trägt das Denkmalamt 150 000 EUR, der Landeszuschuss beträgt etwas mehr als 135 000 EUR. Eine großzügige Einzelspende steht für die Renovierung des Deckengemäldes zur Verfügung. Weitere erhebliche Kosten werden durch das Haus Fürstenberg sowie die Pfarrgemeinde aufgebracht. Natürlich hofft man auf weitere Einzelspenden und nicht zuletzt auch auf die segnende Hand der seligen Luitgard, die die Baumaßnahmen schützend begleiten möge.

Kleines Roman-ABC

Genesis	(griechisch) Entstehung, Ursprung. 1. Buch Mose mit der Schöpfungsgeschichte
Komplet	kirchliches Nachtgebet
Konvent	Gemeinschaft der Mönche und Nonnen
Konventuale	einzelnes Mitglied eines Konvents, einer Klostergemeinschaft
Ministeriale	Angehörige(r) des mittelalterlichen Dienstadels oder Ministeriums
Ministerialität	Dienstsitz des mittelalterlichen Dienstadels, Gemeinschaft der Ministerialen
Monasterium	(griechisch) Kloster(kirche)
monastisch	das Klosterleben betreffend
Schaffner	Verwalter
Schaffnei	Schaffneramt, -wohnung
Scriptorium	Schreibschule, Schreibwerkstatt im Kloster

Die Übersetzung des „Luitgard-Liedes“ aus dem Original stammt von Dr. Gottfried Hertzka.

Literatur

Berchthold von Bombach: Das Leben der heiligen Luitgard von Wittichen (1291–1348). Einführung und Herausgeber: Arnold Guillet. Nachwort: Dr. Gottfried Hertzka. Christiana-Verlag, Stein am Rhein 1976.

Otto Heil: Führer für Wittichen und Umgebung. Wittichen, Kath. Pfarramt, ohne Jahresangabe.

Werner Scheurer: Wittichen. Verlag Schnell & Steiner, München und Zürich 1977.

Albert Hiß: Kaltbrunn Wittichen einst und jetzt. Verlag Rombach, Freiburg i. Br. 1966.

Reiner Lehmann, Schenkenzell: Das Leben und Wirken der seligen Luitgard von Wittichen – eine Heilige vom Schwarzwald – und ihre mögliche Bedeutung im Religionsunterricht. Wissenschaftliche Hausarbeit, 1. Staatsprüfung für das Lehramt an Grund- und Hauptschulen.

Lexikon für Theologie und Kirche. Verlag Herder, Freiburg i. Br. 1935.

Hermann Multhaupt: Lebensweisheit aus Irland. St. Benno-Verlag, Leipzig 2006.

Johannes Künzig (Hg.): Schwarzwald-Sagen. Eugen Diederichs Verlag, 3. Auflage, 1976.

Hermann Scharnagl: Geheimnisse aus dem Kloster – Gesundheit und Lebenskunst aus der Stille. Gondrom Verlag, Bindlich 2005.